Les enquêtes de William Carson. Les créances de sang

Anthony Stefano

ISBN-13: 978-1505676853
ISBN-10: 1505676851

A Sonia,
sans qui ce livre n'aurait jamais vu le jour.

A David, Laurent et Rudy,
pour les heures passées à élaborer nos idées. J'espère qu'ils se reconnaîtront à travers ces pages.

A Cécile,
qui je suis sûr a préféré la mise en page de ce livre au M+9.
A Lionel,
pour l'idée de la couverture.

Chapitre 1 : Londres 1889 - Bureau de la Royal Mail.

Londres, ville la plus peuplée du monde en cette fin d'année 1889. Avec ses artistes, ses aristocrates, ses quartiers riches d'un côté et pauvres de l'autre, les miséreux, les oubliés de Dieu. Comme à son habitude, la ville était en pleine effervescence malgré l'heure tardive. La journée se terminait, il était presque dix-neuf heures, la nuit était tombée, le bruit des fiacres dans les rues surmontaient le brouillard et remontaient jusqu'à la fenêtre d'un bâtiment dont la façade était noircie par la fumée des usines toutes proches. C'est précisément là, au deuxième étage que débute cette histoire, en plein mois d'octobre, dans les bureaux de la Royal Mail d'Angleterre.

- Monsieur Carson, dit un homme de grande corpulence, je me présente, Henry Spector, dit l'homme en serrant la main de son invité. Il avait une énorme moustache blanche et de longs favoris gris. Ses vêtements sentaient le cigare qu'il venait sans doute de fumer et dont le mégot remplissait le cendrier posé sur le bureau. Il s'assit dans son fauteuil.
- Tout d'abord, laissez-moi vous dire que j'ai beaucoup entendu parler de vous, dit-il en allumant un autre de ses cigares. J'aurais aimé faire votre connaissance en d'autres circonstances, croyez moi. Asseyez-vous je vous prie, dit-il en montrant de la main la chaise en face de son bureau. William s'y installa confortablement.
Je vous ai fait venir pour vous parler d'un épineux problème. Désirez-vous un verre de Whisky ?
- Non merci, dit William, je ne bois pas d'alcool.
- Une tasse de thé, peut-être ?
- Non merci, répondit poliment William.
- Fort bien. L'homme se leva et se servit un verre de whisky. Il y a maintenant dix ans que je suis le directeur de la Royal Mail. J'ai connu des hauts et des bas comme dans toute société.
Cependant, laissez-moi vous racontez une étrange histoire. En janvier de cette année, un fiacre acheminant le courrier entre Londres et Brighton a mystérieusement disparu sans laisser de trace. Jusque-là, rien d'intéressant me direz-vous. Peut-être était-ce un accident ou un simple vol. Quoi qu'il en soit, ni le fiacre, ni le courrier, ni les passagers ne furent retrouvés. Trois mois plus tard, en avril, un autre fiacre reliant Londres à Brighton a de nouveau disparu. Pareil que pour le

premier, ni le fiacre, ni le courrier, ni même le cocher ne furent retrouvés. Jusqu'alors nous pensions à des cochers malhonnêtes qui auraient pu détourner les fiacres pour en faire je ne sais quoi.
L'homme se rapprocha ensuite de la fenêtre qui donnait sur la rue et scruta l'incessant va et vient de la ville. Le mois dernier, mon associé a disparu lui aussi mystérieusement avec trois hommes. Le fiacre et les quatre hommes sont toujours portés disparus, à ce jour. Monsieur Carson, mes hommes n'en peuvent plus, il se murmure dans ce bâtiment des histoires de voleurs, de fantômes et de tout un tas de choses. Si cela venait à s'ébruiter et arriver aux oreilles de la reine ou des journaux, je pourrais dire adieu à mon poste et me retrouver à boire dans un bar de Whitechapel. Vous connaissez la réputation de Whitechapel, n'est-ce pas Monsieur Carson?
William ne la connaissait que trop bien, en effet. Il avait enquêté avec le commissaire Abberline sur l'affaire Jack l'éventreur quelques mois plus tôt. Tous ces miséreux qui mendiaient, dormaient par terre, les gens mourraient tous les jours de froid ou de maladie dans les rues. Les femmes travaillaient le jour et faisaient le tapin la nuit.
- Oui, je connais Whitechapel monsieur. J'y ai passé une partie de ma vie. Pourquoi ne pas avoir fait appel à Scotland Yard ?interrogea William.
- Scotland yard, dit Spector d'un ton ironique. Scotland yard préfère les meurtres et le sang plutôt qu'une banale histoire de disparition de fiacre. De plus, je ne désire pas ébruiter cette affaire. Ma réputation risquerait de s'effondrer. Monsieur Carson, je désirerai vous

voir agir avec la plus grande discrétion. Me suis-je bien fait comprendre? William acquiesça.
- Je ne puis me fier à eux, mais vous, en tant que détective privé, je vous donne la permission d'enquêter, de fouiller ce bâtiment, nos fiacres et les courriers mais je vous en supplie, découvrez ce qu'il est advenu de ces personnes et de nos fiacres. William hocha la tête en guise d'approbation.

En sortant du bureau il se rendit à Parliament Street, un frisson le parcourut quand il franchit le portail de Scotland Yard. Il s'attendait à ce que tous les visages se braquent sur lui. Lui qui, quelques mois auparavant, travaillait encore pour la police. Il entra dans les bureaux et donna la missive qu'il avait reçu de la part de Frederick Abberline, ce matin-là.
- Un instant monsieur, je préviens Monsieur Abberline de votre arrivée. Après quelques instants de patience, sur une veille chaise en bois, Abberline arriva dans la pièce.
- Bonjour William, dit-il d'un ton jovial. Venez, suivez-moi. Je suis content que vous soyez venu, malgré votre éviction de ce service, j'avais peur que vous ne gardiez trop de rancœur envers moi.
- Je ne vous en veux pas, dit William. Je sais que vous n'êtes pas responsable. Je suis surpris que Warren vous ait autorisé ma visite.
- Vous devez savoir, William, que Sir Charles Warren ne travaille plus pour la police, depuis quelques mois.
- Je n'étais pas au courant, dit William. Pourquoi m'avez-vous fait venir ici monsieur ?
- Nous l'avons attrapé, dit Abberline d'un ton satis-

fait. Je pensais qu'il fallait que vous le sachiez, vous qui avez tant perdu dans cette affaire. Le cœur de William s'accéléra.

- Il se nomme Francis Tumblety, dit Abberline en s'asseyant derrière son bureau. Il prit un dossier et commença à le lire. Il est Irlandais mais a vécu une grande partie de sa vie aux Etats-Unis. Médecin de profession, il était même accusé d'être complice de l'assassinat du président Abraham Lincoln, rien que ça.

- A-t-il fourni la raison de ce massacre ? demanda William.

- Recel de cadavre. Il revendait les organes prélevés à des hôpitaux et des universités. Un marché juteux.

- Il est ici ?

- Non, il est enfermé dans une cellule de la Tour de Londres où il attend son jugement, répondit Abberline.

- Puis-je lui parler ?

- Non, répondit Abberline. Je regrette mais c'est impossible.

- D'autres personnes savent que vous l'avez arrêté ?

- Très peu de personnes le savent, dit Abberline. Nous voulons éviter un autre cas comme celui de Montague John Druitt. (Montague John Druitt fut accusé à tort d'être Jack l'éventreur et fut retrouvé noyé dans la Tamise.)

- Merci pour tous ces renseignements, monsieur.

- Je vous en prie, dit Abberline. C'est la moindre des choses. Je compte sur vous pour ne pas ébruiter cette affaire.

- Vous pouvez compter sur moi, dit William. Il ouvrit la porte du bureau quand Abberline s'écria : au fait

William, je vous souhaite bonne chance dans votre nouveau défi.
- Je vous remercie monsieur, répondit William en renfermant la porte.
Il avait toujours eu beaucoup de respect pour Abberline, il le considérait comme son mentor et il savait pertinemment qu'il n'était pas impliqué dans son licenciement.

William acheta un bouquet de fleur sur Parliament Street et se rendit au cimetière de Saint Patrick. Il traversa les nombreuses allées du cimetière et s'arrêta devant une croix en bois. Il y avait de nombreuses fleurs autour de celle-ci et on pouvait y lire le nom de la défunte gravée dans le bois « Mary Jeanette Kelly ». Il y avait également une plaque de fer portant l'inscription: «Assassinée le 09 Novembre 1888 » au-dessous de la croix.
Il s'inclina devant la tombe et posa le bouquet de fleur au pied de la croix.
- Je suis désolé Mary.

Prenant un fiacre à l'entrée du cimetière jusqu'à Bedford Square, William s'assit sur un banc dans le parc. Il regarda les ouvriers s'affairer sur la façade de la maison qu'il louait.
Elle était en pleine rénovation, William avait décidé d'y installer son nouveau bureau lié à son métier de détective privé. La façade était totalement noircie comme toutes les autres maisons du square.
Les cheminées des maisons et des usines toutes proches avaient diffusé pendant des années de la

fumée issue de la combustion du charbon.
William réfléchissait à la manière de débuter son enquête. Il n'avait pas beaucoup d'indices, seulement un trajet de Londres à Brighton. Il lui fallait donc trouver des billets et faire lui-même le trajet en examinant chaque route, chaque direction, chaque village dans lesquels les fiacres se rendaient afin de percer le mystère de ces étranges disparitions.
Quel était le mobile de tels actes? Pensa-t-il. A qui profiterait ce crime ? Qu'était-il advenu des passagers et du courrier ?
Et puis, faire disparaitre un fiacre n'est pas chose aisée. Une multitude de questions affluaient dans sa tête. Un homme passa devant lui et le salua.
- Bonjour William, dit l'homme.
- Bonjour Johnston, répondit William.
Il s'agissait du résident qui habitait au n°22, Johnston Forbes Robertson, c'était un acteur plutôt connu et ami de William.
- Vous avez l'air soucieux mon ami, dit Johnston.
- Je suis sur une nouvelle affaire et j'espère ne pas la faire capoter comme la dernière.
- Oubliez donc cela mon ami, cette sordide histoire d'éventreur n'était pas de votre fait.
- Je faisais partie de la police, c'était mon devoir d'arrêter cette boucherie, dit William d'un air abattu.
Johnston s'assit à coté de William.
- Allons mon ami, ne faites pas cette mine. Gardez votre énergie pour cette fameuse nouvelle affaire.
-Vous avez raison, dit William d'un ton décidé. Merci Johnston, vous m'avez remonté le moral.
- Les amis sont là pour ça. Alors, quelle est donc cette

nouvelle affaire qui vous tracasse tant.
- Il ne faut pas l'ébruiter, dit William en baissant d'un ton et se rapprochant de Johnston. J'enquête sur des disparitions de fiacre et du personnel de la Royal Mail circulant entre Londres et Brighton, dit-il en chuchotant.
-Travaillez-vous déjà sur une piste, avez-vous des indices ? interrogea Johnston.
- Pas encore, mais je comptais acheter un billet à destination Brighton pour commencer.
- Bonne idée, dit Johnston. Je vous souhaite bonne chance dans cette nouvelle aventure, dit-il en se levant.
William se leva également, lui serra la main et le remercia.
Le lendemain matin, William se réveilla à cause de ses bras engourdis par le poids de sa tête. Il se rendit compte qu'il s'était endormi sur son bureau, il regarda sa montre à gousset et sursauta.
- Mon dieu, je vais être en retard ! s'écria-t-il. Il se leva brusquement et pris son manteau et son chapeau sur le porte manteau, près de la porte. Il claqua celle-ci avec force, se mit à courir sur la Bloomsbury Street et tourna à la première rue à gauche vers la Great Russel Street.
Il s'arrêta au milieu de la rue, essoufflé. William reprit ses esprits et contempla le majestueux British Museum.
Depuis qu'il avait emménagé sur Bedford Square, il n'avait pas encore eu le temps de visiter le musée.
- William, William ! s'écria une voix venue d'un pub en face du musée. William traversa la rue et se rendit près de l'homme qui hurlait son nom. Il était petit

mais avait une voix qui portait.
Cet homme s'appelait Robert Debroeck.
C'était un belge exilé à Londres.
Il était les yeux et les oreilles de Londres, il connaissait pas mal de monde et avait beaucoup de relations.
Un jour d'été 1885, William qui venait d'entrer au service de la police de Londres sauva Robert d'une noyade car celui-ci fut jeté par un groupe d'hommes en costume noir dans la Tamise. Il traqua ces hommes et démantela un réseau de contrebandiers du port de Londres.
Depuis ce jour, ils devinrent amis.
William n'hésitait jamais à le consulter au cours d'une enquête afin de récolter des indices ou des informations précieuses.
- J'ai bien cru que vous m'aviez oublié, dit Robert
- Non, dit William, j'ai juste eu un peu de mal à me lever ce matin.
- Je vois, la nuit a été dure et vous n'étiez pas seul, dit-il un sourire au coin de la bouche.
- Non, dit William rougissant légèrement. Je suis sur une nouvelle affaire et je me suis endormi sur mon bureau.
- Ah, je suppose que c'est pour cela que vous vouliez me voir ce matin, dit l'homme.
- Oui, entre autres.
Parmi vos relations, auriez-vous surpris une discussion concernant des disparitions de fiacres ? demanda William.
- Oui, un homme du nom de Charles Treford, dit Robert en essuyant ses lunettes.
C'est un mineur, il semblait dire que le trajet entre

Londres et Brighton était maudit.
Il tremblait rien qu'en en parlant.
- Et c'est tout ? dit William.
- C'est déjà pas mal, dit Robert interloqué.
- Désolé, fit William, je pensais que vous auriez peut-être un indice qui m'aurait mis sur une piste.
- Pas pour l'instant, dit Robert en buvant une gorgée de sa bière, mais laissez-moi le temps de faire jouer mes relations et je vous trouverais une piste. En attendant, je vais rechercher ce Treford. Désirez-vous une bonne bière ?
- Pourquoi pas, dit William.

Chapitre 2 : Perdu dans la forêt.

- Voici mon billet, dit William en le sortant de sa poche.
- Ah ! Monsieur Carson, encore un voyage pour Brighton ?
- Oui, George.
Cela faisait déjà un mois que William empruntait cette route dans l'espoir de découvrir un indice et Robert n'avait pas encore repris contact avec lui.
- Aucune nouvelle de nos fiacres? demanda le cocher.
- Non aucune, répondit William. George vérifia le billet de William.
- Tout est en ordre monsieur, vous pouvez monter.
William prit place dans le fiacre. Il était stationné à Trafalgar Square juste devant le monument dédié au colonel Nelson. Comme à son habitude, le square était bondé, il y avait un balai incessant de fiacres et de gens partant dans toutes les directions. Deux ans plus tôt, sur cette même place, avait eu lieu le Bloody Sunday, le 13 novembre 1887. Cette manifestation avait fait deux morts et plus de cent cinquante blessés. Les ouvriers réclamèrent une meilleure condition de vie et furent réprimés dans la violence.
Depuis lors, le lieu était chargé d'une atmosphère austère. William n'était pas seul dans le fiacre, trois

autres personnes y étaient déjà installées. Un homme lisait son journal sans broncher. Ses vêtements étaient sombres et ses yeux très foncés. D'apparence sévère, il portait également un chapeau haut de forme qui couvrait sa calvitie naissante.
De l'autre côté de la banquette, un homme joufflu regardait par la fenêtre du fiacre, il était vêtu d'un long manteau brun et portait des lunettes rondes. Il était assez rond de corpulence et avait un visage à l'air bienveillant.
Le dernier passager, lui, dormait paisiblement, un chapeau sur son visage. Un choc leur fit comprendre que le fiacre démarrait. Il traversa Londres en passant devant Big Ben et prit une des nombreuses routes pavées pour sortir de la ville. Deux heures venaient de s'écouler et, pendant ce temps-là, William avait pu apercevoir les paysages de campagne et les routes sinueuses et boueuses d'Angleterre. De nouveau, un choc se fit ressentir et William se cogna l'arrière de la tête sur la banquette.
- Ce cocher, je ne m'y ferai jamais ! dit William en se massant l'arrière du crâne.
L'homme au chapeau haut de forme abaissa son journal.
- Je crains qu'effectivement celui-ci n'exagère sur la boisson. Il leva du sol une bouteille d'absinthe vide. William émit un sourire à la vue de la bouteille.
- Pardonnez-moi, je ne me suis pas présenté. Je me nomme David Spencer, inspecteur à la Metropolitan police.
- William Carson, détective privé, répondit William en serrant la main de son interlocuteur.

- Pourrais-je savoir ce que font un inspecteur et un détective privé ici, pour une simple disparition de fiacre ? dit l'homme Joufflu.
- Qu'est-ce qui vous fait dire que nous sommes ici pour une disparition de fiacre ? dit Spencer d'un ton glacial.
- Cette façon que vous avez d'attendre que quelque chose se passe. Vous êtes en alerte depuis le début de ce voyage, scrutant le paysage, sursautant au moindre bruit, dit l'homme.
- Et vous êtes ? demanda William.
- Edward Levy, journaliste au London Enquirer. J'enquête également sur les disparitions.
- Voyez-vous cela, la presse qui mène sa propre enquête, dit Spencer d'un ton cynique.
La nuit tomba pendant que les passagers faisaient connaissance. Spencer avoua également mener une enquête pour le compte de la police.
La conversation tourna rapidement sur la disparition des fiacres. Chacun des passagers exposant sa propre théorie sauf le quatrième passager qui était toujours endormi.
William écoutait d'une oreille attentive la conversation entre David Spencer et Edward Levy. Néanmoins, il commençait à sentir ses paupières lourdes. Il eut à peine fermé les yeux qu'un choc se fit ressentir. Le fiacre virevolta, et alla s'encastrer dans un arbre. William en descendit et constata les dégâts. Une des quatre roues était brisée. Les chevaux s'étaient enfuis, le harnais s'était désolidarisé de son crochet et le flanc était renfoncé.
- Vous pouvez la réparer ? demanda William à George.

- Je ne pense pas, dit le cocher. La roue est détruite et les chevaux ont disparu.
- Que s'est-il passé ? demanda William.
- Nous avons percuté quelque chose sur le chemin, là-bas plus loin. Il faisait trop sombre, je n'ai pas pu apercevoir l'obstacle que nous avons heurté, dit George.
- Très bien, je vais voir si tout le monde va bien, dit William.
Il s'éloigna de George et se dirigea vers Spencer. Celui-ci était en discussion avec Levy. À leurs pieds, gisait le 4ème passager. L'homme gémissait.
- Il a la jambe cassée, dit Edward en tâtonnant la jambe douloureuse.
- Nous avons heurté un tronc d'arbre, dit George en criant au loin.
- Il nous faut de l'aide William, dit Edward.
- Au milieu des bois, ça risque d'être difficile, dit Spencer.
- Spencer et moi…mais William n'eut pas le temps de finir sa phrase. Un bruit de bois brisés se fit entendre et tout le monde se tut.
George se rapprocha du groupe.
- Vous avez entendu ? dit-il la voix tremblante.
Cela provient de derrière le fiacre.
Nos trois amis le contournèrent en essayant de faire le moins de bruit possible. Ils arrivèrent derrière le fiacre mais il n'y avait rien.
- Qui que ce soit qui ait fait ce bruit, ce n'est plus là, dit Edward.
- Là-bas ! cria Spencer en pointant du doigt une masse sombre dans les bois. Spencer, William, Edward et

George se mirent à courir en direction de la chose. Ils firent seulement quelques mètres mais la chose avait disparu.
- Trop rapide pour moi, dit Edward le souffle coupé.,
- Sans doute un sanglier, dit William.
Un cri déchirant la nuit résonna dans la forêt. Tous se regardèrent.
- Le blessé ! dit George.
Ils retournèrent sur leurs pas en courant, guidés par la lumière du fiacre. Une mare de sang stagnait exactement là où se trouvait le blessé quelques minutes auparavant. Spencer s'agenouilla et mit son doigt dans la mare, il sentit ensuite ses doigts pour finalement mettre son index en bouche et cracha.
- Je connais le gout du sang humain, dit Spencer, et je peux vous assurer qu'il s'agit bien du sang d'un homme. Un cri bestial retentit dans la nuit. Edward était apeuré, Spencer, lui, examinait toujours la mare et William scrutait les bois aux alentours. Son attention se porta entre les arbres tout autour quand deux yeux rouges semblèrent sortir des profondeurs du bois. Les yeux fixèrent William, il soutint le regard pour être sûr de ne pas avoir à faire à une hallucination.
- Spencer ! appela William. Celui-ci détourna le regard et lorsque ses yeux fixèrent à nouveau les bois, les yeux rouges avaient disparu.
- Un problème ? dit Spencer.
- Non, aucun, dit William. Il m'avait juste semblé voir quelque chose bouger mais ce n'était sans doute que mon imagination.
- Regardez ici, dit Spencer. Il y a des traces de pas et on dirait que l'on a trainé quelque chose dans la boue.

- Il fait trop sombre, dit William, la lanterne du fiacre n'éclaire pas assez loin.
- Peut-être devrions-nous la retirer. Vu l'état du fiacre, il n'en aura plus besoin, fit Edward.
William et Spencer approuvèrent. William décrocha la lampe du fiacre et éclaira les traces dans la boue devant lui.
- Nous devrions partir à la recherche de notre ami et suivre ces traces, dit William d'un ton décidé et ils abandonnèrent le fiacre pour s'enfoncer un peu plus loin dans la forêt.
- Quelle que soit cette chose qui a emmené notre ami, elle doit être très costaude, dit Edward. Encore plus costaude que moi, dit-il en plaisantant, pour détendre l'atmosphère.
Cela faisait maintenant plus de quinze minutes qu'ils marchaient à travers les bois et qu'ils avaient quitté la route. La forêt était devenue plus dense, les arbres eux étaient beaucoup plus anciens et nombres d'entre eux étaient mort.
- Une clairière, là-bas ! s'écria Edward en pointant du doigt la direction à suivre. Ils montèrent un petit talus et débouchèrent sur une route pavée en piteux état.
- Les traces s'arrêtent ici, dit Spencer. Il s'agenouilla et inspecta la route. La personne ou la chose qui a emmené notre ami, l'a trainé sur le sol jusqu'ici et, ensuite, elle a pris cette route.
- Reste à savoir dans quel sens, dit William en regardant des deux côtés.
- Vu l'état de cette chaussée, il ne doit pas y avoir grand monde qui s'y promène, fit remarquer Edward.
- Suis-je le seul à avoir remarqué que cette chaussée est

pavée ? dit Spencer d'un air supérieur. Les trois autres le fixèrent du regard pour tenter de comprendre son raisonnement.

- Vous connaissez beaucoup de routes pavées en pleine forêt messieurs? Même la route principale qui nous a conduits ici ne l'était pas.

Ce qui veux dire qu'il doit y avoir une ville pas très loin ou des habitations.

- Je pense que Spencer a raison, dit William.

Mais dans quelle direction aller ?

George, le cocher, se racla la gorge.

- Excusez-moi, dit-il, nous devrions prendre sur la gauche. Cette route était autrefois utilisée pour amener les pierres des carrières de la région vers Londres. Avec le fiacre nous nous dirigions vers le sud et nous n'étions plus très loin de la ville de Godstone.

- Allons-y, dit William, trouvons notre ami ou au moins de l'aide.

Ils se mirent à nouveau en route. Plus de deux heures s'étaient écoulées depuis l'accident. Nos amis commençaient à ressentir la fatigue de cette balade nocturne.

- Regardez ! dit Edward, là-bas, un château ! Une énorme masse sombre éclairée par la lune se dessinait au loin au fur et à mesure qu'ils avançaient.

- Il doit encore y avoir au moins deux kilomètres, dit William en essuyant la transpiration de son front. De l'endroit où ils se trouvaient, on pouvait seulement distinguer la grande tour et certaines fenêtres qui étaient allumées.

- Qui peut bien habiter là ? dit Edward pour faire la causette pendant les derniers kilomètres.

- Espérons que ce ne soit pas Joseph Merrick, dit Spencer d'un humour noir.
- Qui est Joseph Merrick ? demanda George.
- C'est une personne que l'on surnomme Elephant Man. Un être cruel et difforme, dit Spencer.
- Nous ne devrions pas le juger sur son apparence, dit William.
- Quel est son histoire ? interrogea George.
- C'est un homme comme vous et moi. Son apparence lui a valu d'être montré et traité comme un monstre dans une foire.
- Et là était sa place, dit Spencer en fixant William d'un regard noir.
William allait rétorquer quand Edward les stoppa avec ses bras.
- Regardez, dit-il, en haut de la tour.
Quelque chose, une ombre venait de s'y poser et disparu.
- Ce n'est qu'un oiseau, dit George pour se rassurer.
- Un oiseau de cette taille ? Nous avons pu le voir à des kilomètres alors qu'il fait nuit, dit Edward.
- Cette chose doit mesurer au moins deux mètre, si ce n'est plus.
- Est-ce que ce Joseph Merrick pouvait voler ?
- Non George, dit William pour le rassurer.
Ils continuèrent d'avancer tout en parlant de ce qu'il venait de se passer.
- Par ici, dit Edward, regardez ! Il pointa le bout de son doigt en direction d'une lumière. Un village, là-bas en contrebas.
Un petit village s'étendait en dessous d'eux, Ils descendirent le chemin sinueux afin de s'en rapprocher.

- Quelle est cette ville ? demanda Edward à bout de souffle.
- C'est Godstone, répondit George.
- Comment le savez-vous? demanda Edward.
- Parce que c'est marqué sur ce panneau, répondit Spencer agacé par le nombre de questions que posait Edward.
Il y avait, en effet, un vieux panneau en bois qui pointait vers le sol. Il était dans un triste état tout comme le village et la moisissure semblait déjà en avoir attaqué une bonne partie.
- Charmant, dit William, vraiment charmant comme village. De ce qu'il pouvait apercevoir, le village semblait très ancien, peut-être même en partie abandonné. Il devait y avoir tout au plus une trentaine de maisons dont certaines avaient la toiture abimée. Il manquait la plupart des tuiles et l'eau ne devait avoir aucun mal à s'y infiltrer. Le village était calme mais un air de musique se dégageait de l'angle d'une des rues.
- Une auberge ! dit Edward. Allons chercher de l'aide et buvons un bon coup.
- Un bon whisky, dit George, ça ne serait pas de refus.
Ils se dirigèrent donc vers l'auberge.
- C'est plutôt glauque comme endroit, fit remarquer Edward en regardant les maisons délabrées, aux alentours.
- Et c'est quoi cette odeur infâme ? s'interrogea-t-il.
- Je sens surtout l'odeur des fumées de ces cheminées, dit Spencer en les montrant du doigt.
- Dépêchons-nous, fit George en soufflant dans ses mains pour se réchauffer, il commence à faire très froid.
Chacun leur tour ils entrèrent dans l'auberge et senti-

rent aussitôt la chaleur du lieu les envahir. Les clients s'arrêtèrent de parler et tournèrent leur tête en direction de l'entrée.
L'auberge semblait être le point de ralliement de tous les poivrots du coin.
On ne voyait que des verres d'alcool à moitié vides ainsi que des cartes occuper la plupart des tables et de la fumée de cigarette envahissait une grande partie de la pièce.
Nos quatre amis avancèrent vers le bar.
Il était fait de bois et il y avait une rangée de verres vide qui attendaient depuis longtemps d'être nettoyés.
- Bonjour, fit William au barman qui le jugeait du regard tout en essuyant un verre à l'aide d'une serviette. Je m'appelle William Carson. Mes amis et moi-même venons d'avoir un accident de fiacre, plus haut sur la route dans la forêt.
Un client qui n'avait pas perdu un morceau de la conversation entre le barman et William faillit avaler son verre de travers. Nous désirerions passez la nuit ici afin de repartir vers Londres demain matin.
- Désolé, nous n'avons plus de chambres libres pour ce soir, dit le barman qui était resté impassible, tout en remettant le verre qu'il venait d'essuyer dans une armoire sous le bar.
- Y a-t-il une ville près d'ici où nous pourrions nous loger ? demanda William.
- Le prochain village est à vingt-huit kilomètres, dit le barman.
- Ah, dit William surpris, auriez-vous l'obligeance de nous indiquer où trouver un fiacre pour nous y rendre ?
- Nous avons bien des fiacres mais tous nos chevaux

sont morts. Il vous faudra attendre le passage de voyageurs.
- Ce village est souvent visité ? dit Edward d'un ton moqueur.
- En été, parfois, il arrive que quelques personnes se perdent, dit le Barman d'un ton ironique.
- Je vois, dit Edward perplexe.
- Excusez-moi si je me permets d'insister, dit Spencer qui n'avait pas encore parlé. Il y avait également un homme avec nous qui a disparu dans les bois.
- Un autre client fit tomber son verre qui se brisa sur le sol.
- Ces bois ne sont pas sûrs, dit le barman, surtout la nuit. Si j'étais vous, je me reposerai de la nuit dans le village et attendrai demain pour atteindre le village voisin.
- Et où pouvons-nous dormir dans ce cas ? dit William.
- Il y a, à côté de cette auberge, une veille maison abandonnée, c'est malheureusement tout ce que nous pouvons vous proposer.
- Hé bien merci, répondit Edward.
- Comment se fait-il que vous n'ayez aucun cheval ? demanda Spencer.
- Ils sont tous morts, desséchés, les uns après les autres.
- Vous voulez dire que vous avez eu une pénurie d'eau ? dit Edward.
- Non pas du tout, vous ne m'avez pas compris, quand nous les avons retrouvé, ils n'avaient plus une seule goutte de sang.
Edward en ravala sa salive.
- Depuis combien de temps n'avez-vous pas vu un

étranger? demanda William.
- Cela fait quelques mois. Ce village n'est pas très touristique, fit remarquer le barman.

Chapitre 3 :Godstone

La maison dans laquelle ils logèrent cette nuit-là était insalubre. La moisissure avait grignoté une grosse partie de la toiture. Sans doute était-elle inhabitée depuis pas mal de temps.
- Visiblement, il nous faudra dormir dans le salon, dit Spencer ayant examiné chaque recoin de la maison.
- Je pense que nous devrions nous rendre dans le château que nous avons aperçu ce soir dès demain, le châtelain a certainement des chevaux et des fiacres. De là, nous partirons vers la ville la plus proche pour trouver de l'aide, dit William.
- Excellente idée ! fit remarquer Edward.
George et Edward montèrent dans le grenier afin de trouver du bois pour alimenter le feu de la cheminée du salon. Une bonne partie de la toiture s'était effondrée, un trou béant permettait de regarder les étoiles au dehors.
- Il va nous falloir dormir sur le plancher, parmi les cafards, dit Edward qui s'était abaissé pour inspecter en dessous des meubles.
Tous les meubles étaient vides et sentaient le moisi.
- Voici de bons combustibles, dit-il.
- Si vous voulez mon avis, cette maison est abandonnée depuis au moins dix ans. Il faut faire un feu, dit

George, ramenons ces meubles et brulons les. Les nuits sont plutôt fraîches en cette période.
Edward et lui descendirent les escaliers qui heureusement étaient en pierres et ne menaçaient pas de céder. Spencer profita d'être seul avec William pour l'interpeller.
- Drôle de village n'est-ce pas ?
- Oui, répondit William. Ce village me donne la chair de poule et cette maison froid dans le dos.
Sans parler de l'hospitalité des habitants qui est pour ainsi dire… inexistante. Demain matin, nous irons au château.
- William, je voulais vous dire qu'il faut nous méfier d'Edward Levy.
- Pourquoi ?
- Je me méfie de lui. Ça n'a pas l'air de le déranger outre mesure que nous soyons perdus ici. Depuis que nous sommes montés dans le fiacre, je l'ai observé et je n'ai aucune confiance en lui. Je pense donc que nous devrions nous en méfier. Tout comme vous, William, j'ai emprunté cette route avec ce fiacre de nombreuses fois. Ça n'est pas une coïncidence s'il était là également et comme par hasard nous avons un accident. Je pense que Monsieur Levy est impliqué dans ces disparitions et je compte bien y voir plus clair dans son jeu.
Ils n'eurent pas le temps de terminer leur discussion car Edward et George revinrent du grenier.
- Regardez ce que nous avons déniché ! fit George en montrant une commode à peine abimée. Ou plus tôt ce qu'Edward a trouvé.
William se rendit près de la cheminée et alluma le feu.

Les autres s'installèrent par terre près du feu pour se réchauffer. Ils s'endormirent avec de grandes difficultés cette nuit là. Chacun d'entre eux se questionnant sur les événements de la journée écoulée.
Le lendemain matin, une épaisse couche de neige recouvrait les toitures et le sol de Godstone.
- Regardez, dit Edward en se penchant pour regarder à travers une fenêtre en partie brisée. Il a neigé, tout est blanc !
- Génial, dit William d'un ton ironique, il ne manquait plus que ça !
- Rendons-nous au Château, dit George, nous y serons au chaud et le lord nous prêtera certainement un fiacre afin que nous puissions retourner à Londres.
- Qu'en pensez-vous Spencer ? dit William en fixant Spencer de ses yeux bleus.
- Nous n'avons guère le choix, répondit celui-ci.
Ils traversèrent donc le petit village sous la neige. Edward tentait de mettre un peu d'ambiance en lançant des boules de neiges mais Spencer lui fit comprendre d'un regard qu'il n'était pas enclin à s'amuser.
Un petit homme les attendait caché derrière un arbre.
- Psst, par ici.
William, George, Spencer et Levy se rapprochèrent de lui. Restez où vous êtes ! dit l'homme.
- Que voulez-vous ?
- Je voulais juste vous avertir, vous ne savez pas où vous mettez les pieds.
- Que voulez-dire ? demanda Spencer.
- J'ai surpris votre conversation hier à l'auberge. Vous vous rendez dans le château, là-bas, mais si j'étais vous, je n'irai pas.

- Heureusement, vous n'êtes pas nous, dit Spencer de son ton froid habituel.
- Vous ne comprenez pas monsieur, c'est la demeure du diable, ce château ! Une ombre rôde autour la nuit, le matin des chevaux sont retrouvés, vidés de leur sang, sans compter toutes ces disparitions au village.
- Une ombre dites-vous ? dit Edward.
- Parfaitement monsieur, une ombre géante avec des yeux rouges.
- Avec des yeux rouges ? dit Spencer en ricanant.
- Croyez-moi dit l'homme en fixant Spencer.
- Allons-nous en, dit George.
- Merci de nous avoir prévenus, dit William en regardant l'homme de petite taille.
Ils montèrent une colline boisée.
- Je dois m'assoir quelques instants, dit Edward, je n'ai plus vingt ans, dit-il en s'asseyant sur une souche d'arbre.
Spencer regarda attentivement autour de lui, il n'y avait pas âme qui vive.
- Pas beaucoup de vie pour une forêt, aucun bruit, pas d'oiseaux dans le ciel. Cet endroit me fiche la chair de poule, dit Edward. Et cette histoire de chevaux retrouvés sans une goutte de sang.
- Moi, j'ai les pieds gelés, la neige a pénétré à l'intérieur de mes chaussures, dit George, mais personne ne l'écouta.
- Vous avez l'air soucieux William, dit Edward.
- C'est à propos de cette ombre. J'ai bien vu deux yeux rouges qui nous fixaient le soir de l'accident.
- Votre esprit vous a joué un tour, dit Spencer.
- Je l'espère, dit William.

- Bon, remettons-nous en route, ne laissons pas patienter le diable trop longtemps, dit Edward.

Chapitre 4 : La famille Gordon

- Nous y voilà ! dit Spencer.
William jeta un coup d'œil à l'immense demeure. Le portail était ouvert et le château apparaissait au loin. Il était entièrement en pierre.
La tour centrale était de forme carrée et plus haute que tout le reste du bâtiment, une gigantesque horloge était fixée au sommet.
Une grande partie de la toiture de l'aile Est était en très mauvais état.
Le regard de William fut attiré par l'écriteau à droite du portail, accroché sur une des deux colonnes de pierres.
Il lut l'inscription sur la planche «Hollow House».
- Charmant comme nom n'est-ce pas William ? dit Edward qui passa devant lui. Il ne l'écouta pas. Tout au fond de lui, William se sentit attiré par cette bâtisse. C'était, pour lui, inexplicable, un mélange de sentiments partagé entre la fascination et la crainte.
Tous ses amis étaient passés devant lui à présent, Spencer lui se retourna.
- Vous ne venez pas William ?
- Oui, dit William tout droit sorti de ses pensées, j'arrive.
Le jardin se dessinait devant eux. Il y avait de larges

buissons non entretenus et la plupart des arbres étaient morts ou agonisaient.
- De toute évidence, il y a longtemps que le jardinier n'est plus venu faire un tour par ici, dit Edward tout en marchant.
William remarqua que la façade de l'aile Est était noircie au niveau des fenêtres.
- Cette partie du château a sans doute brûlé et n'a jamais été réparée, songea-t-il.
- Wow ! Vous avez vu cette porte ? dit George, elle est immense. Elle doit bien faire dans les trois mètres.
Elle était en bois massif et de couleur brune.
William frappa à celle-ci.
- J'espère que le propriétaire n'est pas à l'autre bout du château, dit Edward en claquant des dents. Je commence à geler.
Ses chaussures comme celles de Georges étaient trempées d'humidité à cause de la neige.
- Je suis sûr que le propriétaire ne nous en voudra pas si nous entrons, dit Spencer qui était le plus téméraire.
- Non ! fit William. Mais il était trop tard, Spencer avait déjà franchi le seuil de la porte.
- C'est bon venez dit-il, il n y a personne.
William, George et Edward se regardèrent un bref instant comme pour se demander qui rentrerait en premier.
William entra le dernier, il se retrouva dans un hall gigantesque. Le sol était en bois, une grande partie de la pièce l'était d'ailleurs.
Tout au fond de la pièce se trouvait un escalier. Partant du centre, il s'élevait pour se diviser en deux et rejoindre les côtés de la salle.

Un tableau trônait au-dessus d'une cheminée en pierre, celle-ci était éteinte et semblait l'être depuis plusieurs années. Une épée magnifique reposait dans sa vitrine juste en dessous du tableau, elle avait une poignée d'or et la lame semblait en argent.
Le plafond, quant à lui, était de couleur bleue et était vouté.
Une seule fenêtre, située au-dessus de l'escalier, éclairait la pièce d'une faible lueur.
Il ne semblait pas y avoir beaucoup de meubles. Spencer regardait le tableau au-dessus de la cheminée avec attention.
La peinture était ornée d'un cadre en or, une frégate qui naviguait sur des eaux hostiles y était représentée.
- Voici le Demetrodon, dit une voix froide qui provenait du dessus des escaliers. Un homme se tenait tapi dans l'ombre. Célèbre navire Anglais qui reliait l'Inde à l'Angleterre, il y a de cela bien longtemps. Il fut coulé par la bêtise humaine...Celle-là même qui vous a permis d'entrer dans ce château sans y être invités.
- Excusez-nous, monseigneur, dit Spencer, croyez-moi nous n'avons guère eu le choix. Nous avons eu un accident non loin d'ici et nous cherchons désespérément de l'aide. Nous nous sommes manifestés mais personne ne répondait et comme il fait très froid, nous nous sommes permis d'entrer, veuillez nous encore nous en excuser.
- Etes-vous le propriétaire de ce somptueux château ? dit William qui était très intrigué par la bâtisse.
- Je suis le Comte Antonius Gordon, dit celui-ci en s'avançant dans la lumière de la fenêtre qui trônait au-dessus de l'escalier.

Il était vêtu d'une cape noire. Il avait la peau très pale et des cheveux blancs assez longs.
- Je m'appelle William Carson et voici mes amis George, Edward et David. Auriez-vous l'amabilité de nous offrir l'hospitalité pour cette nuit afin que nous puissions nous reposer et nous remettre en chemin ?
Le comte jaugea William du regard et William fit de même.
- Très bien, fit le comte qui descendait les escaliers. Il était plus grand d'au moins une tête par rapport à William. C'est entendu, une seule nuit, suivez-moi je vais vous conduire à vos chambres.
Nos trois amis suivirent le comte qui avançait, une bougie à la main droite.
- Pourquoi ne pas ouvrir toute ses jolies fenêtres monsieur le comte ? dit Edward sur un ton de plaisanterie, nous n'y voyons rien et cela vous ferait une économie de bougie. Le comte se retourna brusquement et fixa Edward de ses yeux. William y vit passer une lueur rougeâtre.
Ensuite, l'expression du visage du comte changea, il sembla jovial. Voici une excellente idée...Monsieur ?
- Levy, dit aussitôt Edward.
Le comte continua de marcher en direction d'un autre escalier.
- Je ne découvre pas les fenêtres car la lumière m'insupporte. Je préfère de loin l'obscurité monsieur Levy, dit le comte en se retournant vers lui.
Edward en resta livide.
Deux minutes plus tard, le groupe s'arrêta devant une porte.
- Voici votre chambre monsieur Levy. Vous vous y

sentirez très bien, vous verrez. J'enverrai mon majordome vous chercher vers dix-huit heures quand le dîner aura lieu, d'ici là je vous interdis à vous et à vos amis de sortir des chambres.
William pensa que le comte avait dû se sentir offenser par la réflexion d'Edward et qu'il n'était pas pourvu d'un grand sens de l'humour.
- Vous vous y sentirez très bien, dit Edward en se répétant les paroles du comte. Tu parles d'une chambre, il n'y a aucune fenêtre !!! dit -il en contemplant la pièce.
Il alluma plusieurs bougies. La chambre était circulaire avec un lit à baldaquins. Il y avait un secrétaire avec un miroir ovale décoré de fer.
De toute évidence, c'était la chambre d'une femme et elle n'avait pas servi depuis longtemps car le lit était couvert de poussière.
Edward contempla le mur qui lui faisait face et vit que par le passé une fenêtre devait s'y trouver mais celle-ci avait été murée par des briques. Un endroit charmant, dit-il à haute voix en s'asseyant sur le lit.
William était à présent seul avec le comte.
- Ce château est magnifique, la tour centrale est vraiment majestueuse. Vous y vivez depuis longtemps ?
- Depuis la mort de mes parents, répondit le comte.
- Vous avez des domestiques ? Nous n'avons croisé personne.
- Oui, rassurez-vous monsieur Carson, nous ne sommes pas seuls.
- Se passe-t-il des choses étranges dans ce château ?
Le comte s'arrêta et regarda William.
- Que voulez-vous dire ?
- Nous marchions dans les bois, non loin d'ici, peu

après notre accident en direction de Godstone sur une ancienne route et j'ai vu une ombre sur la tour.
- Sans doute votre imagination vous a-t-elle joué un tour monsieur Carson. Ces bois sont très anciens et il est dangereux de s'y promener mais de là à voir des ombres voler.
- Vous avez sans doute raison monsieur, fit William.
Cependant, William n'avait pas mentionné que l'ombre volait. Il en déduit que le comte ne lui disait pas la vérité.
Quelques minutes plus tard, ils arrivèrent devant une nouvelle porte en bois.
- Voici votre chambre, comme dit précédemment j'enverrais mon majordome vous chercher pour le dîner. D'ici là, veuillez rester dans votre chambre.
William s'inclina poliment.
Le comte donna une bougie à William et l'alluma avec sa propre bougie.
William entra ensuite dans la chambre et alluma les bougies. La pièce était loin d'être banale, il y avait des meubles de tous les côtés. Un grand lit et deux fenêtres scellées.
Le comte doit vraiment avoir un problème avec la lumière se dit William. Il s'approcha ensuite d'un tableau où il vit le portrait d'un capitaine de navire anglais.
- Ce portrait ressemblait étrangement au comte, il devait être un de ses ancêtres pensa William. Je lui poserai la question pendant le dîner.
Tout dans la pièce lui fit deviner que cette chambre avait appartenu à un marin. Il y avait même un gouvernail de bateau suspendu sur un des murs. Un autre

portrait attira son attention. Il représentait une femme d'une grande beauté. William examina le tableau et lu le nom d'Elisabeth, tout en dessous.

- Sans doute la femme du marin, se dit William.

Il retourna en direction du lit et se coucha. Malgré l'étrange atmosphère qui régnait dans la chambre, il ne mit pas longtemps avant de s'endormir.

Chapitres 5 : Le dîner

Toc, toc, toc.
William sursauta.
- Monsieur Carson, vous êtes là ? Le dîner est servi.
William ouvrit la porte.
- Excusez-moi, je m'étais assoupi, dit aussitôt William.
- Pas de problème, dit le majordome, je m'appelle Franck.
- William Carson, enchanté.
Franck était plutôt de grande taille et très mince, le teint cireux avec de grands yeux bleus.
- Veuillez me suivre, je vais vous emmener dans le salon principal. C'est un peu l'effervescence ici, depuis votre arrivée.
- Pourquoi ? demanda William.
Eh bien, le comte est une personne très solitaire et nous n'avons que trop rarement de la visite.
Tout en se rendant vers le salon et voyant que le majordome était plutôt sympathique, William demanda à celui-ci quel était le problème du comte avec la lumière.
- Je ne sais pas si je suis le mieux placé pour vous en parler monsieur. Le comte souffre d'une maladie inconnue. Dès qu'il y a un peu trop de clarté, sa peau devient rouge.

- Je comprends, dit William. Certaines personnes en souffrent également à Londres. Ce château est vraiment magnifique. Toutes ces pièces et ces décorations, j'aime beaucoup les vieilles demeures.
Voyant que le majordome était plus réceptif que le comte, William demanda pourquoi il y avait autant de miroir.
- Est-ce que le comte adore contempler son reflet ?
- Je ne sais pas, répondit Frank. J'évite de lui poser des questions au sujet de la demeure, il reste assez évasif et parfois il coupe même la conversation.
- Pardonnez cette question mais n'avez-vous jamais rien remarqué d'étrange dans cette maison ?
- Vous pensez à quelque chose en particulier ?
- Une ombre noire, dit William qui s'attendait à ce que Franck se moque de lui.
- Ecoutez monsieur Carson, dit-il d'un regard sérieux en fixant William. Puis Franck fixa le miroir derrière William et s'arrêta de parler. Non, je n'ai jamais rien vu de tel monsieur. William acquiesça d'un signe de la tête. Franck, comme apeuré, se remit aussitôt en marche.
William se retourna et vit son reflet dans le miroir, il avait l'air particulièrement énervé alors que William, lui, ne l'était pas.
- Mon dieu quelle mine affreuse, dit-il et il se remit en route. Ce qu'il ne vit pas c'est que son reflet, lui, ne bougea pas et le regarda s'éloigner d'un air sévère.
- Nous y voilà. William arriva dans une énorme pièce rectangulaire. Sur la gauche, quatre fenêtres laissaient filtrer une partie de la lumière afin d'éclairer la pièce. Le côté droit, lui, était muni de boiseries et de divers

tableaux ainsi qu'une cheminée en pierre dans laquelle crépitait un bon feu de bois.
- Installez-vous je prie, le comte ne va pas tarder. Je vais chercher vos amis de ce pas, dit Frank
William s'assit sur une des chaises en bois. Il regarda la longue table rectangulaire. Elle devait mesurer au moins cinq mètres.
Les verres et les vasques qui étaient posées dessus étaient en cristal.
- Je les ai ramenés d'un voyage en Inde, dit une voix glaciale. Le comte venait de pénétrer dans la salle. Malheureusement, ma santé ne me permet plus de voyager pour l'instant.
- Pourquoi cette pièce possède-t-elle des fenêtres non murées ? demanda William.
- Cette partie du château est au nord. Le soleil n'éclaire jamais ces fenêtres et la faible lueur de lumière qui y passe ne me dérange pas.
- Ce château est vraiment magnifique et intriguant. À vrai dire, je n'en ai jamais vu d'aussi beau et fascinant, dit William.
- Je vous remercie, monsieur Carson.
- J'ai remarqué un portrait de marin dans ma chambre.
- C'était moi, dit le comte, quand j'étais plus jeune.
Une des deux portes d'accès à la salle à manger s'ouvrit. Une femme d'une très grande beauté pénétra dans la pièce. Je vous présente ma fille, Elisabeth.
William se leva et s'inclina.
- Madame.
Elle salua William et s'assit.
- J'ai cru comprendre que vous parliez du château avec mon père.

- Oui, en effet, dit William, je lui disais à quel point il était splendide.
- Et vous n'en avez vu qu'une petite partie. Les jardins à l'arrière sont magnifiques ainsi que ce qu'il reste de la serre.
- Me feriez-vous l'honneur de me faire une visite guidée après dîner ?
- Avec plaisir, répondit Elisabeth.
Spencer, George et Levy arrivèrent également à leur tour et le dîner put enfin commencer.
Frank arriva avec un plat sous cloche contenant du lapin.
Nos invités commencèrent à manger. La conversation tourna autour de leur aventure. Le comte leur demanda ce qu'il s'était passé. Edward raconta l'accident et la disparition du passager. Il raconta leur marche nocturne vers le village et l'impossibilité de trouver un fiacre et des chevaux.
Le comte qui n'avait pas réagi au récit d'Edward se tourna vers William et dit :
- Dès demain matin, vous pourrez vous rendre aux écuries et je mettrai mon fiacre personnel à votre service.
William s'inclina.
Spencer, voyant que le comte semblait d'humeur amicale, posa la question de savoir pourquoi la maison portait le nom de Hollow house.
Elisabeth répondit que c'était à cause de la maladie de son père, comme il n'aimait pas la lumière et qu'il faisait très sombre dans le château on décida de l'appeler Hollow House (la maison des ombres).
- Ce château est magnifique, il m'intrigue beaucoup.

À vrai dire, je n'avais encore jamais vu une telle architecture.
- C'est mon père qui a acheté le château et a commencé sa restauration. Il y eu un grand incendie qui ravagea une partie de l'aile que vous avez vu en piteux état.
Le dîner et la conversation se poursuivirent sur le château sans que le comte ne goute à un seul plat.
Il se leva à la fin du dîner et s'adressa à Frank.
- Nous devons parler mon cher. J'aimerai vous dire un mot dans mon bureau.
Frank avala sa salive.
- Très bien monsieur, répondit-il apeuré. Je raccompagne les invités et je vous retrouve.
- Pas monsieur Carson, dit Elisabeth, nous allons visiter le château ensemble.
William fut surpris devant tant d'audace.
Elisabeth se leva et prit William par le bras.
- Allons-y, dit-elle.

Chapitre 6 : Le château

- Parlez-moi de Londres Monsieur Carson.
Je veux tout savoir.
- Très bien, répondit William. Par où commencer…
- Le British Museum ! Je rêve d'ouvrir ses portes et d'y découvrir tous ses trésors.
- C'est à mon avis le plus beau musée du monde, dit William, mais je n'ai pas encore franchi ses portes.
- Et la Tour de Londres, est-elle vraiment hantée ?
- J'avoue n'avoir jamais entendu parler de fantômes mais il est clair que c'est un bâtiment assez ancien où beaucoup de choses ignobles se sont déroulées.
Beaucoup de personnes attendent dans leurs cellules leur jugement. Des criminels, des voleurs, des violeurs et certainement des innocents. Où sommes-nous ? demanda William.
- Voici la serre, dit Elisabeth. Ou plutôt ce qu'il en reste.
Elle était de grande taille avec des panneaux en verre intercalés dans des croisillons en fer forgé.
Il y avait plusieurs panneaux cassés, les plantes étaient toutes fanées et le sol par endroit était moisi. Il y avait trois grandes tables sur lesquelles étaient posés divers pots de plantes mortes. Une statue d'une femme munie d'une jarre trônait au milieu d'une fontaine

dont l'eau était verte. L'eau passait au travers de la jarre pour venir s'écouler dans la fontaine.
- Vous auriez dû voir cette serre il y a quelques années monsieur Carson, elle était magnifique.
- Pourquoi est-elle dans cet état ? interrogea William.
- Depuis la mort de ma mère, mon père ne s'est jamais réellement occupé de cette pièce et il n'a pas vraiment l'âme d'un jardinier. Cette pièce du château est laissée à l'abandon.
- J'ai remarqué également que les extérieurs ne semblaient pas entretenus, dit William.
- Nous avions un jardinier autrefois mais celui-ci a disparu, il n'est plus jamais venu travailler et le château est resté dans ce triste état. Mais je m'occupe des jardins à l'arrière. Je passe mon temps au printemps à m'occuper des fleurs.
Ils passèrent alors devant une grande porte en bois et William s'arrêta.
- Qu'y a-t-il derrière cette porte ? demanda William.
- C'est l'entrée de la grande tour mais père y interdit l'accès à quiconque y compris moi, dit-elle d'un air déçu.
- Vous n'avez jamais essayé d'entrer ?
- Bien sûr que si, mais je n'y suis jamais parvenue. Venez, ne nous attardons pas ici. Alors que pensez-vous de cette salle ? dit Elisabeth.
William resta bouche bée. Il y avait des vitres entourées d'or, partout.
- Je n'ai jamais rien vu de tel, dit William.
- C'est ma pièce préférée, dit Elisabeth, la salle de bal. Mon père m'a expliqué que jadis des princes et princesses dansaient dans cette salle.

- Cela devait être fabuleux, dit William de plus en plus émerveillé par le château.
Ils continuèrent la visite des autres pièces.
- Parlez-moi de votre père.
- C'est un homme solitaire et difficile de caractère. Il peut être parfois adorable et l'instant d'après froid et cynique.
- Il ne travaille pas ?demanda William.
- Non, plus maintenant, dit Elisabeth. Je ne l'ai jamais vu travailler et je ne me suis jamais vraiment mêlée de ses activités. J'aime mon père mais notre relation est très distante. Vous aimez les cimetières monsieur Carson ?
- Que voulez-vous dire ? répondit William.
- À côté du château, il y a un vieux cimetière rempli de vieilles tombes, parfois, je fais des croquis tellement l'atmosphère y est magique. Je sais ce que vous devez penser monsieur. Ce ne sont pas des endroits pour une jeune fille... William l'interrompit.
- Vous savez, je pense que vous avez une âme d'artiste, vous aimez des lieux singuliers et vous capturez leur atmosphère dans un dessin. Cela s'appelle de l'art !!
- Vous êtes sûr monsieur Carson ? dit Elisabeth en rougissant.
- Absolument, lui répondit William tout en restant sérieux.
- Venez, je vais vous montrer, dit Elisabeth. Elle l'entraina à travers plusieurs pièces et ils sortirent du château par la face nord.
Ils passèrent devant une grange et ensuite prirent la direction du bois entourant le château.
- Voilà c'est ici, dit Elisabeth.

- Je comprends maintenant quand vous parliez d'atmosphère particulière, dit William.
Une vieille grille se dressait devant eux, en piteux état. Une partie était allongée sur le sol. Le mur qui encadrait le cimetière était rempli de mousse verte qui s'insinuait entre les pierres. Les tombes semblaient très vieilles et étaient uniquement en pierre.
La plupart d'entre elles étaient également remplies de mousse verte. Une bonne partie de ces pierres tombales reposaient face contre terre. Une vieille église en ruine se dressait un peu plus loin.
- C'est assez glauque comme ambiance, dit William.
- J'y viens souvent pour me recueillir devant le tombeau de ma mère. Elle entraina William par le bras vers un mausolée. Voilà, c'est ici, dit-elle d'un regard triste fixant la tombe.
- Je suis désolé, dit William. Pour paraître poli, il demanda comment elle était morte.
- Elle s'est suicidée, dit Elisabeth le visage grave. Elle s'est jetée du haut de la tour.
- Je suis navré, dit William qui était sous le choc de l'annonce. Il se rapprocha d'Elisabeth et l'entoura de son bras. Vous savez, j'ai aussi perdu un être cher.
- Comment cela est-il arrivé ? demanda Elisabeth.
- Avez-vous entendu parler de Jack l'éventreur ?
- Bien sûr, quelle horreur. Mais quel rapport avec vous ?
- J'étais l'assistant de l'inspecteur Abberline. Nous enquêtions sur les meurtres des prostituées de Withechapel. La pression se faisait de plus en plus grande sur nous et nous n'avions obtenu aucun résultat et aucun suspect potentiel. Nous pensions alors pouvoir piéger l'éventreur à l'aide d'un appât. Elle s'appelait

Mary Jane Kelly. L'éventreur l'a tué sans pitié mais nous ne sommes pas parvenus à l'arrêter. C'est donc ma faute si elle est morte. C'est moi qui ai soumis l'idée à Abberline. Après le fiasco de cette opération j'ai été licencié des services de police.
- Je suis désolée, dit Elisabeth. Rentrons maintenant.
Ils revinrent vers le château
- La rénovation du château a pris combien de temps ? demanda William.
- Oh, des années, dit Elisabeth mais je ne saurais vous dire combien.
- Vous connaissiez les anciens propriétaires ?
- Non, la rénovation du château a débuté avant ma naissance.
- Cette demeure est vraiment fascinante, dit William. Dommage qu'elle soit si sombre.
- Oui, c'est vrai, dit Elisabeth. Venez monsieur Carson, je vais vous montrer quelque chose.
Elisabeth emmena William dans l'immense bibliothèque du château. C'est la pièce la plus grande du château avec le hall.
Il y a avait des centaines de livres sur les étagères de bois qui étaient étalées sur deux niveaux.
- Cette bibliothèque est immense ! dit William.
Les fenêtres n'étaient pas murées comme dans le reste du château. Pourquoi ces fenêtres ne sont pas murées ? demanda William.
- Mon père ne vient jamais ici. On peut dire que c'est devenu mon refuge, ma pièce à moi. Ma mère aussi adorait venir ici.
- Il faudrait des années pour lire tous ces livres, dit William.

- Pour vous dire la vérité, je ne les ai pas tous lu, dit Elisabeth en souriant. Il y a également un passage secret dans cette pièce.
- Un passage secret ? dit William fortement intéressé.
Elisabeth se dirigea vers une étagère et retira un livre qu'elle donna à William.
Il le regarda attentivement mais n'y vit rien de suspect.
- Je ne vois rien de particulier, dit William.
Elisabeth pouffa de rire.
- Bien entendu ! Ce livre n'a rien avoir avec le passage secret mais il est juste devant le loquet qui permet de déverrouiller le passage.
- Ha ! dit William surpris.
- Voilà, je l'ai, dit Elisabeth.
Le mur à côté de l'étagère s'ouvrit. Elisabeth et William s'engouffrèrent dans la petite ouverture. Ils arrivèrent dans une pièce circulaire totalement murée avec des mosaïques sur le sol.
- Je ne sais pas à quoi servait exactement cette pièce. Elle est telle que je l'ai découverte.
Il n'y a avait aucun meuble, aucun tableau, rien.
William remarqua des irrégularités au niveau des mosaïques sur le sol.
- Regardez, dit William en pointant le sol. Ces mosaïques, elles ne sont pas à leur place.
William s'agenouilla et effleura le sol. Il y avait un espace vide entre les différentes mosaïques. William toucha un carrelage et le fit glisser en direction de l'espace vide.
- Celui-ci est bien mis, dit-il.
Elisabeth ne comprenait pas.
- C'est un puzzle, dit William. Le tour est joué, dit–

il fièrement après trois minutes de réflexion pendant lesquelles il avait déplacé quelques carrelages. Il n'y avait plus d'espace vide mais au centre du puzzle apparaissait à présent un crochet. William le prit d'une main et le souleva.
- Ingénieux, dit William, c'est une trappe.
Il souleva la trappe et la posa sur le côté.
- Je n'avais jamais fait attention à ce détail monsieur Carson. Qu'-y-a-t-il dans le trou ?
William jeta un coup d'œil et vit un escalier en colimaçon. Ils descendirent et arrivèrent dans un bureau. William regarda autour de lui et remarqua qu'Elisabeth pleurait.
- C'est le bureau de ma mère, dit-elle en serrant un livre contre elle. Voici son journal.
William et Elisabeth examinèrent le bureau. Il y avait beaucoup de poussière et de toiles d'araignées, des livres au sol et une horrible odeur de renfermé. William examina le bureau et repéra un énorme livre ouvert.
Il lut sur la couverture : « les dieux Indiens ». La page était ouverte sur une gravure horrible. Une ombre noire avec d'énormes cornes et des yeux rouges tenait une colonne vertébrale avec en son sommet un crâne. L'ombre chevauchait un taureau au milieu d'un champ de bataille entouré de flammes.
Drôle de lecture, pensa William.
Il se retourna vers Elisabeth qui n'avait pas bougé d'un pouce.
- Venez, dit-il, sortons d'ici, vous devriez vous reposer.
Ils se quittèrent devant la porte d'entrée de la chambre de William.

Ils se saluèrent et William entra dans la pièce, il se dirigea en direction du lit et s'assit dessus.
Il se déshabilla et s'installa sous les couvertures. Un frisson lui parcouru le dos. La température de la chambre était plutôt froide.
William repensa à la journée qu'il venait de vivre et à sa rencontre avec Elisabeth. Au bout de quelques minutes, il fermât les yeux et s'endormît.

George, lui, ne parvenait pas à dormir. Il se leva, alluma une bougie et se mit à arpenter le long couloir qui menait à sa chambre.
Il examina chaque détail des décorations qui ornaient les murs. Il vit des statues en marbre représentant des créatures fantastiques qui soutenaient le mur du plafond. Il continua plus loin son exploration et s'arrêta devant la porte de la grande tour. Celle-ci était ouverte.
La clé était introduite dans la serrure. George poussa la porte et pénétra dans la tour.

Le lendemain matin, William se réveilla de bonne humeur, malgré le caractère sinistre de sa chambre.
Il s'habilla, à la hâte, et ouvrit la porte. Il fut stupéfait de voir le majordome, derrière celle-ci.
- Pardonnez-moi monsieur, je venais vous réveiller. Le déjeuner est servi.
- Merci, répondit William, je vous suis.
- Pas la peine monsieur. Je dois me rendre à l'extérieur du château pour prendre du bois afin d'alimenter la cheminée.
- Je vous accompagne, ainsi nous ramènerons plus de

bois, dit William.
- Très bien monsieur, répondit Franck qui acquiesça d'un signe de tête.
À l'extérieur, la neige avait fondu. Le vent balayait encore les nombreux arbres qui entouraient le parc du château.
- Tenez, dit Franck qui lui tendit un manteau. Avec cela vous pourrez résister au froid.
William remercia Franck et mit le manteau.
Le bois était entreposé dans une grange à l'orée du parc. William et Franck suivirent un chemin de terre.
Franck prit la brouette qui se trouvait à droite dans l'entrée de la grange. Ils entrèrent et se dirigèrent vers le tas de bois.
Ils commencèrent à remplir la brouette quand le regard de William s'arrêta sur un bout de bois peint en rouge.
Il prit le bout de bois entre ses mains et l'examina.
- Quelque chose ne va pas ? demanda Franck.
- Non, non, fit William, désolé je m'étais perdu dans mes pensées. Il glissa subtilement le morceau de bois dans son manteau.
- Bien, je pense que cela suffit, nous avons de quoi nous chauffer pour quelques heures, dit Franck. Retournons au château.
Ils se mirent en route sur le chemin de terre menant au château.
- Merci pour votre aide, monsieur Carson.
Ils entrèrent dans le château par la porte des domestiques et arrivèrent dans le vestibule.
William voulut se diriger vers le salon mais Franck l'arrêta.

- Monsieur Carson, dit Franck. Vous oubliez le manteau.
William se crispa car il ne savait comment faire pour emporter le fameux morceau de bois.
Il remit le manteau à contre cœur entre les mains de Franck et celui-ci l'accrocha au porte manteau du vestibule.
William se rendit dans le salon où tout le monde était présent sauf George.
- Monsieur Carson, nous vous attendions, dit le comte.
- Merci monsieur, heureusement je ne suis pas le dernier, George n'est pas encore là.
- Il est parti ce matin, dit Spencer.
- Comment ça parti ? dit William surpris.
- Ce matin, dit le comte, il avait une affaire urgente à régler. Je lui ai prêté un de mes chevaux.
William s'assit sur une chaise mais ce départ soudain lui resta en tête.
George n'était pas du genre aventureux. Qu'avait-il pu se produire pour qu'il fuie sans les attendre et sans les prévenir ? se demanda William.
Autour de la table, Elisabeth, elle, n'avait pas quitté William des yeux.
- Bon appétit ! lança Edward en plongeant sa fourchette, de bon cœur, dans son assiette.
- Vous ne mangez pas votre bacon ? dit Edward à William.
- Non, je n'ai pas très faim ce matin, dit William en lui passant son assiette.
Franck pénétra dans le salon et se dirigera vers le comte, il se pencha et parla dans son oreille.
- Le fiacre est prêt dit le comte.

- Oh ! Vous n'allez quand même pas déjà partir ? dit Elisabeth.
- Nous n'avons pas beaucoup de temps mademoiselle, dit Spencer de son ton froid habituel.
Elisabeth sembla déçue.
Le dîner se termina dans un silence de plomb.
- Je vais chercher ma veste et je vous rejoins devant la porte d'entrée, dit William en se levant de table.
- Je vous accompagne, dit Elisabeth en se levant, elle aussi.
- Elisabeth, pourriez-vous m'attendre ici quelques instants ? Je dois... comment vous dire...
- Je comprends, répondit Elisabeth, dépêchez-vous, les toilettes sont de ce côté.
Une expression de bienveillance se dessina sur le visage de William.
- Merci.
Il se dirigea vers les toilettes et bifurqua à gauche dès qu'il n'apparaissait plus dans le champ de vision d'Elisabeth.
Il pénétra dans le vestibule qui était totalement désert. Comment faire pour transporter le morceau de bois sans être repéré par Elisabeth ? se demanda-t-il.
- Eureka ! se dit-il.
Il prit le manteau, sortit du vestibule et il se dirigea vers Elisabeth.
- J'ai trouvé ceci par terre, dit William à Elisabeth.
- C'est le manteau de Franck, dit-elle. Vous pouvez me le donner, je m'en occupe.
- Non, laissez, je m'en charge, dit William.
Ils montèrent ensemble les marches du grand escalier.
- Je n'aime pas cet homme, ce Spencer, dit Elisabeth,

je le trouve étrange et malpoli.
- Je ne le connais pas depuis longtemps, répondit William, mais il ne m'inspire pas confiance non plus.
- Que comptez-vous faire à présent ? interrogea Elisabeth.
- Rentrer dès que possible à Londres et continuer mon enquête. Toute cette histoire m'a fait perdre un temps précieux.
Elisabeth sembla déçue de la remarque.
- Enfin, pas tant que cela, reprit-il avec un regard bienveillant envers Elisabeth.
Celle-ci rougit.
- Vous êtes retournée dans la pièce secrète ?
- Oui, répondit Elisabeth, mais je n'y ai rien découvert de neuf.
- Et le journal de votre mère ?
- Je pense avec tristesse que ma mère devenait folle, elle parle de mon père comme d'un tyran avec une ombre noire qui le suit partout. Je n'ai jamais rien vu de tel.
- Attendez-moi ici, je reviens vite, dit William.
William entra dans sa chambre et prit sa veste sur le porte manteau.
Il y glissa le morceau de bois et sortit de la chambre.
- Reviendrez-vous un jour ? demanda Elisabeth.
- Certainement, à condition que vous m'invitiez, dit William avec un grand sourire en refermant la porte.
- Je n'y manquerais pas, répondit Elisabeth.
Ils redescendirent dans le hall d'entrée près du grand escalier.
William salua le comte.
- Monsieur, merci de votre hospitalité, dit-il en lui

serrant la main.
Le comte ne répondit pas et serra la main de William.
Hors du château, Franck attendait nos trois amis dans le fiacre près de la cour.
- Tout le monde est prêt ? dit Franck.
- Oui vous pouvez y allez, répondit Spencer.
Le fiacre se mit en route et passa la grille du château.
- Que de temps perdu, dit celui-ci.
- Oh, je ne trouve pas, dit Edward, cet endroit est fascinant et rempli de mystères, je me demande quelle est l'histoire de cette bâtisse. Et vous, William, qu'en pensez-vous ?demanda Edward.
- J'attendais que nous nous retrouvions seul pour vous montrer ceci. Il sortit de sa poche le morceau de bois.
- Qu'est-ce que c'est ? demanda Edward.
- Un morceau de fiacre de la Royal Mail, dit Spencer en s'extasiant.
- Où l'avez-vous trouvé ?l'interrogea Spencer.
- Ce matin, dans la grange, en récupérant du bois à brûler avec Franck.
- Regardez, dit Spencer en prenant le morceau de bois, vous voyez, ici, il y a un R mais il manque une partie.
- Qu'est-ce que ce morceau faisait dans la grange de ce château ? demanda Edward.
- C'est là toute la question, dit William.
- Récapitulons, nous avons un accident de fiacre dans les bois près du château, une disparition, un village où personne ne veut que nous nous rendions au château et un occupant assez étrange.
- C'est peu, dit Spencer.
- Effectivement, dit Edward.
- Je pense que nous devrions enquêter sur le comte,

sur le village et enfin sur ce fameux château, dit William. Edward pourriez-vous vous renseigner auprès des journaux afin de voir tous les faits concernant Godstone et Hollow house ?
Edward répondit par l'affirmative.
Spencer, il faudrait vérifier dans vos bureaux si quelques histoires étranges entourent ce lieu, peut-être dans les rapports de police.
- Sans aucun problème, répondit-il.
- J'ai un mauvais pressentiment, dit William en regardant par la fenêtre le château s'éloigner au loin.

Chapitre 7 : De retour à Londres

- Qu'est-ce que c'est que ce foutoir ?! s'exclama Spector. Je vous paie pour des résultats monsieur Carson, pas pour dormir à la belle étoile dans un château. Spector se remit à aspirer une bouffée de son cigare à l'odeur infâme. William, lui, regardait le bureau tout autour de lui.
Il venait avertir Henry Spector de son séjour troublant.
Spector s'assit sur son vieux fauteuil en cuir afin de capter l'attention de son interlocuteur.
- Avez-vous au moins une piste ? Des avancées ?
William répondit par l'affirmative.
- J'ai retrouvé un morceau de l'un de vos fiacres dans une grange de ce fameux château dont nous parlions. Il était destiné à brûler dans la cheminée. Avant de passer dans votre bureau, j'ai examiné en détails vos fiacres et ce morceau en fait bien partie.
- Hum, et quels en sont vos conclusions ? demanda Spector.
- Je n'en sais trop rien pour l'instant, mes amis fouillent les journaux et les rapports de police concernant le village de Godstone et Hollow House à la recherche du moindre fait divers. Je voudrais également interroger George. J'ai besoin de savoir pourquoi il a quitté

le château précipitamment le matin peu avant notre départ.
Spector sembla interloqué.
- Mais, Monsieur Carson, George Cavendish, notre cocher, est porté disparu depuis son dernier voyage !
- Vous voulez dire qu'il n'est jamais arrivé à Londres ?
- Non, nous n'avons aucune nouvelle de lui depuis son dernier voyage. Je pensais qu'il se présenterait au travail le plus rapidement possible mais je peux vous confirmer qu'il n'est jamais réapparu.
- Avez-vous son adresse de résidence ?demanda William.
Spector fouilla son tiroir de droite et sorti un tas de paperasse.
- Cavendish, Cavendish, dit Spector qui se parlait à lui-même en feuilletant ses papiers.
- Ah ! La voici ! Et il sortit la fiche du lot. Middlesex Street 29a, Whitechapel.
- Merci.
William salua Spector et se dirigea vers la porte de sortie.
- N'oubliez pas monsieur Carson, des résultats !!
William fit un signe de la tête et sortit de la pièce.
Whitechapel... William n'avait pas oublié la pauvreté de ce quartier de Londres, un badaud lui demanda une pièce pour, comme ils le disaient tous « pouvoir subsister ». William donna une pièce de bon cœur, il avança de quelques mètres et vit toute une famille dormir sur le trottoir ainsi que des ivrognes se baladant une bouteille à la main.
Il arriva devant la porte de l'habitation de George Cavendish. Il frappa à la porte mais n'obtint pas de

réponse.
Il contourna la maison et s'y introduit par la cour arrière.
Visiblement, il y avait une porte d'accès ouverte qui donnait sur deux habitations. Il pénétra dans le couloir et arriva devant une autre porte.
Il jeta un œil, regarda de droite à gauche pour vérifier qu'il n'y ait personne autour de lui et introduisit son passe partout dans la serrure.
Après quelques jeux de doigts, un petit cliquetis se fit entendre et la porte s'ouvrit.
Comme il l'avait prévu, l'habitation était vide de tout occupant. Il y avait très peu de meubles, peu de décoration mais une photo de George et d'une femme trônait au-dessus de la cheminée. Il n'y avait aucune trace d'activité récente. William fouilla chaque pièce et ne découvrit rien de signifiant. Le lit était fait. La vaisselle propre, aucune assiette et aucune tasse n'était présente sur la seule table de la maison. William se rendit ensuite dans le salon et vit, au sol, devant la porte d'entrée, du courrier. William s'agenouilla pour ramasser les lettres. Elles n'étaient pas ouvertes et dataient de plusieurs jours.
- George n'est donc pas rentré chez lui, pensa William. Soit il lui est arrivé quelque chose sur la route du retour, soit il n'a, tout simplement, pas quitté le château comme le lui avait suggéré le comte.
À la gare de Euston, William attendait Robert Debroeck devant la gigantesque arche de pierre.
Il pleuvait des cordes ce jour-là et le temps était venteux.
Robert arriva, son parapluie à la main.

- Bonjour William, quel fichu temps ! Mettons-nous sous l'arche. J'ai du nouveau, dit-il en refermant son parapluie. J'ai découvert, grâce à mes sources, qu'il n'y a pas que des fiacres de la Royal Mail qui disparaissent sur cette route, dit-il dans un chuchotement à peine audible. Vous pouvez donc éliminer la piste de la Royal Mail. Il n'y a aucun rapport entre les disparitions et leurs fiacres.
- Excellent, dit William.
- Ce n'est pas tout. Il y a au moins un rescapé de ces disparations, un certain Jonathan Meffer, passager d'un fiacre attaqué en pleine forêt.
- Intéressant, dit William, où réside-t-il ? Est-il fiable ?
- Oui, je le pense, dit Robert, il réside au St Luke's Lunatic Asylum, ici, à Londres.
- Un asile de fou, dit William d'un air déçu.
- Interrogez-le, vous verrez par vous-même, répondit Robert. Vous serez surpris par son récit.
- Très bien, je vais l'interroger, répondit William.

- Quel bâtiment sinistre, pensa William en regardant la façade de l'asile. Il était entouré d'un haut mur sans doute pour empêcher les gens de sortir ou pour empêcher tout contact entre les patients et les passants. William entra par la porte principale et se dirigea vers une femme habillée tout en blanc, derrière un bureau.
- Bonjour Madame, je suis venu voir Jonathan Meffer. William remarqua que sa blouse était tâchée de sang. Ce qui, selon lui, en disait long sur la manière dont devaient être traités les patients dans cet endroit.
- Suivez-moi, je vous prie, dit l'infirmière en se levant. Ils se dirigèrent vers un long couloir rempli de portes

métalliques abimées.
Un frisson parcourut William.
- Cet asile ressemble à une prison, pensa William. Puis-je savoir pourquoi monsieur Meffer est enfermé ici ? interrogea William.
- Il prétend avoir vu le diable en personne, répondit l'infirmière
William ravala sa salive.
- Voilà, c'est ici dit-elle en s'arrêtant devant la cellule n°218.Elle sortit un trousseau de clé de sa poche et ouvrit la porte. Je reste derrière la porte, vous n'aurez qu'à frapper pour sortir.
William entra et vit un homme barbu, les cheveux en broussaille, certainement pas lavé depuis quelques jours car il sentait la transpiration.
- Bonjour monsieur, fit William.
- Bonjour, lui répondit l'homme. Vous aussi vous allez me donner des médicaments ? dit l'homme apeuré.
- Non, je ne suis pas médecin. Je suis détective et j'enquête actuellement sur des disparitions de fiacre. Pourriez-vous me raconter ce qui vous est arrivé ?
- Vous ne me croirez jamais, dit l'homme.
- Monsieur Meffer, il est très important que je sache ce qui vous est arrivé. Sinon, il risque d'y avoir d'autres disparitions.
William s'assit par terre à côté de Meffer.
- C'était en plein mois de juillet, je travaillais comme cocher et conduisais des hommes d'affaire dans différentes villes autour de Londres. Un soir, dans une forêt, en nous dirigeant vers Brighton à hauteur de Godstone, notre fiacre heurta un objet sur la route. Je fus projeté au sol et c'est là, en me relevant que je le vit.

- Qui avez-vous vu ? demanda William avide de connaitre la suite
- Le diable, monsieur. Une ombre noire, s'attaqua au fiacre, je le vis comme je vous vois actuellement. Il était grand avec des cornes et des yeux rouges vifs. Il n'était pas seul, un homme se tenait près de lui.
Du sang a commencé à couler le long de la porte du fiacre. Je pense que mon passager s'est fait dévorer. J'ai entendu des cris en provenance du fiacre. Ils venaient d'une personne qui se faisait battre et dévorer.
- Et ensuite ? demanda William.
- Une voix humaine a demandé où se trouvait le cocher et j'ai pris mes jambes à mon cou. J'ai couru le plus vite possible à travers les bois.
L'homme semblait me suivre à distance, je suis arrivé au bord d'une petite falaise en bas de laquelle coulait une rivière.
- Et je suppose que vous avez sauté, dit William.
- Oui monsieur, j'ai perdu connaissance en percutant l'eau qui était gelée et mon corps a dérivé avec le courant. J'ai été recueilli par une famille habitant le long de la berge.
- Pourriez-vous me décrire l'homme que vous avez vu ?
William ne parla pas de l'ombre car il pensait que Meffer s'était construit cette histoire à cause du choc émotionnel subit.
- Il était grand, mince et plutôt pâle avec de grands yeux bleus.
-Merci beaucoup, dit William.

Chapitre 8 : Une réunion au sommet

A l'extérieur d'un pub, assis autour d'une table près de Trafalgar Square, William, Henry et Edward discutaient de leurs découvertes respectives.
- Disparu ?! s'exclama Edward en parlant de George. Que lui est-il arrivé ?
- Je ne sais pas, dit William, je ne peux que faire des suppositions. Soit, il a décidé de disparaître, ce qui me parait peu probable, soit, il lui est arrivé quelque chose sur le chemin du retour. Ou bien, il n'a jamais réellement quitté le château.
Spencer vida son verre d'eau et le posa sur la table.
- J'ai fouillé les rapports de police de cette région. Et j'ai découvert qu'il y a eu des disparitions inexpliquées à Godstone. Onze très précisément, depuis près de deux ans.
- De mon côté, dit Edward, j'ai trouvé plusieurs articles concernant les chevaux. Il y était indiqué que plusieurs chevaux avaient été retrouvés morts dans les champs, complètement vidés de leur sang. Exactement comme nous l'a raconté l'aubergiste.
- J'ai parlé à un rescapé, dit William, les autres s'arrêtèrent de respirer autour de la table. Il m'a confié avoir été agressé par un homme grand, mince avec le teint pâle et des yeux bleus.

- Et c'est tout ? interrogea Edward.
- Non, fit William un peu gêné. Il a également parlé du diable.
Edward cracha l'eau qu'il venait d'avaler.
- Je pense que Jonathan Meffer a subi un choc émotionnel et que son histoire est en partie vraie. La partie liée au diable est due au fait qu'il s'est retrouvé inconscient pendant plusieurs heures.
- Et concernant le château ? demanda Spencer.
- Rien d'intéressant, dit Edward.Avant de devenir châtelain, Antonius Gordon travaillait pour la East India Company. Le château, lui, fut construit en 1860 par la famille Gordon. Davister Gordon était le père d'Antonius. Il mourut dans le parc, près du château.
- Et de quoi est-il mort ? interrogea William.
- On suppose, de mort naturelle. On a retrouvé son corps près d'un rocher. D'après les journaux, il n'y avait aucune trace de maltraitance ou de blessure. La femme du comte Antonius Gordon s'est suicidée en se jetant du haut de la grande tour.
- En tout cas, la description du suspect correspond au majordome du château, dit Spencer.
- C'est vrai, fit remarquer Edward.
- Qu'allons-nous faire à présent ? dit William.
- Il faut y retourner ! La clé du mystère se trouve à Godstone. Mais par où commencer ?
- Il faudrait retourner sur les lieux de notre accident et reprendre notre enquête depuis le départ, dit Spencer. Ensuite nous interrogerons les habitants du village.
- Et pour le château ? demanda William.
- Nous avons notre cheval de Troie, dit Spencer en fixant William du regard.

- Messieurs, je dois vous quitter, dit Edward. Je dois me rendre au British Museum afin de rédiger un article sur un artefact égyptien.
Il se leva de table et salua ses deux amis.
William et Spencer restèrent un moment sans dire un mot. William gardait toujours une appréhension vis-à-vis de celui-ci. Il ne savait pas quoi penser de lui.
Spencer rompit le silence en demandant à William des renseignements à propos de Jack l'éventreur.
- J'ai lu dans les rapports de police que vous étiez aux premières loges concernant cette affaire. J'aurais aimé enquêter également sur lui.
Je le trouve fascinant.
- Fascinant, dit William d'un ton exaspéré. Ce n'est pas le mot que j'emploierai. Pensez-vous que les victimes aient trouvé cela fascinant ?
- Ne vous énervez pas, dit Spencer.
- Je ne m'énerve pas, répondit aussitôt celui-ci.
Mais je trouve que vous manquez de respect.
- Du respect ? Vous devriez en avoir pour le tueur. Il vous a manipulé depuis le début en envoyant ses lettres à la presse. Il a rendu tout un quartier de Londres fou de terreur. La police n'a même pas un seul indice valable. Ce tueur est un génie ! Un tueur d'un genre nouveau et je pense sincèrement que jamais il ne sera arrêté.
- Vous serez dans ce cas surpris de savoir qu'il se trouve actuellement dans une des cellules de la Tour de Londres.
- Comment ça ? demanda Spencer interloqué.
- Je ne peux pas vous en dire d'avantage mais vous devez savoir que votre génie est en prison et qu'il va

payer pour ses crimes.
William se leva et salua Spencer d'un geste brusque.
- Je hais de plus en plus cet homme,se dit-il en s'éloignant.

Toc, toc, … William n'eut pas le temps de frapper une troisième fois que la porte s'ouvrit et qu'une jeune fille l'attrapa et le serra dans ses bras.
- William ! dit-elle. Cela fait si longtemps.
- Oui, je sais Eleanor, répondit William un peu gêné.
- Que me vaut l'honneur de ta visite ?
- Ai-je besoin d'une raison pour rendre visite à ma petite sœur ? répondit William avec un grand sourire.
- Entre donc !
Il y avait plusieurs mois que William n'était entré dans cette petite maison du quartier de Leadenhall Market.
- Pourquoi ne viens-tu pas me voir plus souvent ? dit Eleanor.
- Mon travail me prend énormément de temps, dit William.
- Mmh, menteur, dit-elle en souriant, tu n'aimes pas cette maison, elle te rappelle trop de mauvais souvenirs.
William ne répondit pas mais fit un signe de tête approbateur.
- Puis-je t'offrir un thé ?
- Volontiers, dit William.
Ils s'installèrent dans le salon et burent leur thé.
– Je suis allée me promener dans le cimetière récemment. La tombe de nos parents est dans un triste état.
William se sentit honteux. Il n'allait jamais sur la tombe de ses parents.

À chaque fois qu'il s'y rendait, trop d'émotions le submergeaient.
Les parents de William étaient morts dans l'incendie de leur maison située sur la North Gower Street.
- Je suis navré, dit William, je n'ai pas eu souvent le temps de me recueillir devant leur tombe.
- Ce n'est pas grave, répondit sa sœur pour le réconforter.
Peu après l'incendie, William vécut quelques mois dans la petite maison de sa sœur mais il n'avait jamais pu réellement s'y adapter.
La perte de ses parents causa un trop grand vide pour William.
- Et le travail ? dit Eleanor pour changer de conversation.
- Je suis sur une nouvelle enquête, dit William.
- Et en quoi consiste-t-elle ?
- On m'a chargé d'enquêter sur des disparitions de fiacre.
- Cela semble intéressant et mystérieux à la fois, dit Eleanor.
- Je dois me rendre dans mon ancien bureau, dit William, et j'ai besoin que tu me donnes la clé.
- Ah, voilà donc la vraie raison de ta visite. Que comptes-tu y faire ?
- J'ai besoin d'y retourner pour récupérer des documents.
- Tu avais promis de ne jamais y remettre les pieds.
- Il a été arrêté, dit William, Jack l'éventreur. C'est terminé, dit-il.
- Oh mon dieu ! dit Eleanor en mettant une main devant sa bouche. Qui est ce ?

- Un médecin né en Irlande mais il a vécu la plus grande partie de sa vie aux Etats-Unis, répondit William.
- D'accord, dit Eleanor en se levant.
Elle se rendit dans la cuisine et sortit la clé d'un pot en étain.
- La voici, dit-elle en la tendant à William. Mais promet moi de me la rapporter.
- Je te le promets, dit William.

Il se rendit aussitôt dans son ancien bureau à Whitechapel. Ce bureau était le quartier général de William, du temps où il travaillait sur l'affaire Jack l'éventreur.
Il était tout poussiéreux. Les chaises ne semblaient pas avoir bougé depuis pas mal de temps, depuis presque un an à vrai dire. La dernière fois que William était venu, c'était quelques jours après le meurtre de Mary Kelly. Ce jour-là, William se soula à l'absinthe et saccagea une partie du bureau. Il avait passé tellement d'heures à réfléchir à trouver un moyen de démasquer le tueur sans jamais y parvenir.
Au fond de la pièce, il y avait un tableau sur lequel étaient accrochées les photos des victimes. William ne se sentit pas d'humeur à mettre de l'ordre dans ses affaires ce jour-là. Il ramassa cependant sa machine à écrire qu'il avait projeté au sol par un accès de colère, des mois auparavant. Sur la page, qui était calée à l'intérieur, William lut ces mots terribles : « Abdomen déchiré, organes génitaux prélevés».
William sentit la haine et la colère monter en lui. Il prit ses vieux documents de police et décida de se rendre à la Tour de Londres.

William avait donc tout planifié. Passer à son ancien bureau, récupérer ses documents de police et se rendre à la Tour de Londres pour y rencontrer Jack l'éventreur.

La Tour de Londres n'était pas très éloignée de Whitechapel, William fit donc le chemin à pieds.
Il entra par la porte principale et montra sa carte de police au vigile.
William n'avait jamais rendu ses documents car il pensait qu'un jour il en aurait peut-être besoin. Il avait inventé une excuse saugrenue pour ne jamais les rendre. Il s'arrêta devant le geôlier qui discutait avec un collègue tout en buvant une tasse de thé.
Poliment, il attendit que le geôlier termine sa discussion mais voyant que celle-ci ne se terminait pas assez rapidement à son goût, William toussota.
- Pardon monsieur, dit-il, William Carson, Scotland Yard, je souhaite interroger le prisonnier Tumblety.
- Désolé, dit le geôlier, toute visite à ce prisonnier a été interdite par Scotland Yard.
- Et qui croyez-vous que vous avez devant vous ? Réfléchissez bon sang ! dit William tentant de l'intimidé.
- Pardon monsieur, je vous emmène voir le prisonnier.
- Merci, répondit William.
Ils parcoururent plusieurs allées avant de s'arrêter devant une cellule plus grande que les autres et gardée par deux policiers. Heureusement, William ne les connaissait pas et personne ne le reconnut.
On lui ouvrit la porte et le cœur de William fit des bonds dans sa poitrine, il régnait une telle tension. William prit son courage à deux mains et entra dans

la cellule. Il vit un homme petit et frêle assis sur un banc en pierre et habillé d'une camisole. La porte se referma derrière William.
– Bonjour, dit l'homme essayant d'être courtois mais William ne répondit pas. Pardonnez-moi si je ne vous serre pas la main, dit-il en haussant son torse sous sa camisole.
William le regarda attentivement, il avait du mal à croire que le petit homme qui se trouvait devant lui était un tueur sanguinaire. Il essayait d'analyser ses gestes et sa façon de s'exprimer mais il ne parvint pas à percer le mystère entourant Tumblety.
- Vous êtes là pour parler avec Jack l'éventreur je présume. Je vais vous décevoir mais je ne suis pas cet homme. Je suis médecin. Je reconnais volontiers que j'ai vendu des produits illicites mais de là à tuer des femmes.
- Vous êtes donc cynique au point du tout nier, dit William. Je dois vous avouer que je suis déçu, je m'attendais à tout sauf à trouver un minable petit homme chétif et apeuré.
- Puisque je vous dis que je n'ai rien à voir avec cette sordide histoire ! Ce n'est pas parce que je réside à Whitechapel et que je suis médecin que je suis un tueur. Vous êtes fous, vous les anglais ! J'espère avoir un procès équitable, vous n'avez aucune preuve contre moi.
J'ai hâte de voir votre petite tête d'anglais, le jour où je serai innocenté.
- J'ai hâte de voir votre tête balancer au bout d'une corde, répondit William. Tumblety détourna le regard et William comprit que la conversation avait pris fin.

Chapitre 9 : Un air de déjà vu

Le lendemain, nos trois compères se rendirent sur les lieux de l'accident. L'endroit avait peu changé, si ce n'est qu'il n'y avait plus aucune feuille sur les arbres et que les températures étaient descendues en dessous de zéro.
- Voilà, c'est ici ! s'exclama Edward, le fiacre était arrêté près de cet arbre. Regardez, voici le tronc que nous avons percuté.
Spencer se pencha et l'examina. William, lui, fixait deux arbres proches l'un de l'autre.
Edward vint à coté de William et posa une main sur son épaule.
- Qu'y a-t-il ?
- C'est ici que j'ai vu les yeux rouges, cela me glace encore le sang.
Spencer revint vers eux.
- Rien trouvé d'intéressant, dit-il.
- Rappelons-nous, dit William. Qu'avons-nous fait ensuite ?
- Nous avons suivi les traces au sol jusqu'à atteindre la vielle route pavée, dit Spencer.
- Très bien, mettons-nous en route, dit William.
Arrivés près de la route, Edward regarda sa montre a gousset.

- Dépêchons-nous, dit-il, la nuit ne va pas tarder à tomber.
- Donc, si nous prenions par la gauche, nous irions droit au village. Or, personne n'a rien vu. Nous devrions nous diriger vers la droite pour voir ou mène cette route, dit Spencer.
Je pense que nous allons trouver quelque chose, j'en suis certain.
- Qu'est-ce qui vous rend si sûr de vous ? demanda William à Spencer.
- Imaginez un instant, un homme tirant au sol un autre homme blessé, je doute, qu'avec un tel fardeau, il puisse faire plusieurs kilomètres.
- Bingo ! dit Spencer en pointant du doigt une grotte près de la route. Regardez !
Une entrée rocheuse et sombre se dressait devant eux.
- Restez sur vos gardes, dit Edward dont les genoux jouaient des claquettes.
- Rendons-nous au village, dit William, nous n'avons pas l'équipement nécessaire pour fouiller cette grotte.
- Vous avez raison, dit Spencer. Sans éclairage, nous n'irons pas loin.
- Bon, dans ce cas-là, rentrons au village et espérons que, cette fois, il y aura des chambres disponibles à l'auberge.
Arrivés à l'auberge, Spencer enfonça la porte avec force.
- Ne vous souciez pas de nous, dit-il en parlant à l'assemblée qui les regardait médusée par cette entrée fracassante.
Il se dirigea vers le comptoir et dit à l'aubergiste.
- Nous voudrions trois chambres pour ce soir, c'est

possible ?
- Eh bien, heu … L'aubergiste était surpris.
- Je vous remercie, dit Spencer.
- Mais, monsieur, je n'ai que 2 chambres disponibles.
William intervint aussitôt.
- Ce n'est pas grave, je partagerai ma chambre avec Edward.
Spencer se tourna vers l'aubergiste et tendit sa main. À contre cœur, l'aubergiste lui tendit les clés des chambres.
William entra dans sa chambre et l'examina. Il se dirigea vers la fenêtre et tira les rideaux.La fenêtre donnait directement sur la rue principale.
- Il n'y a pas âme qui vive dans ce village.
-Effectivement, répondit Edward, espérons que, demain, la journée sera plus mouvementée en visitant cette grotte.
- J'ai un pressentiment pour demain.
- Allez, courage ! dit Edward en se glissant sous les couvertures de son lit. Rien de tel qu'une bonne nuit de sommeil pour avoir les idées claires.
- Vous avez peut-être raison, fit William.
Il se glissa, à son tour, sous les draps.
- Bonne nuit, Edward.
- Bonne nuit.

Chapitre 10 : La grotte

- Ici, nous pouvons allumer la torche, dit Spencer.
- Quel spectacle ! s'écria Edward en regardant les parois à présent éclairées. C'est une carrière, bon nombre de ces blocs de pierres furent utilisés pour reconstruire la ville de Londres après le grand incendie.
Le spectacle fut malheureusement de courte durée.
Un peu plus loin, Spencer illumina un coin sombre au sol.
Des os, d'une taille impressionnante.
- Humains ? questionna Edward.
- Non, dit Spencer, je pense qu'il s'agit d'animaux. Il se pencha et examina les os.
Il s'agissait de chevaux.
- L'aubergiste nous a bien signalé la mort de nombreux chevaux vidés de leur sang, la première fois que nous sommes venus à Godstone.
- Je ne sais pas pourquoi, mais je pense que nous touchons au but, dit Spencer. Continuons.
Ils avancèrent de quelques mètres dans la grotte et se trouvèrent face à un précipice.
- Impossible de continuer plus loin. Nous touchons au but, dit Edward en ricanant.
Spencer allait répliquer quand….
- Chut ! dit William. Taisez-vous !

Spencer et Edward se regardèrent.
- Quelqu'un vient, cachez-vous !dit-il.
Spencer éteignit sa torche et ils se cachèrent derrière des rochers.Une lumière avança vers eux, de l'autre côté du précipice.
- Marre de ce boulot, marre de cette puanteur, marre, marre, marre ! Je dois faire quelque chose, je vais me débarrasser de celui-ci et ensuite j'irai le voir. Cela ne peut plus durer.
- Qu'est-ce que vous voyez ? demanda William à Spencer
- Un homme tire quelque chose. Je ne vois pas ce que c'est.
- Une, deux, …dit la voix qui balança la chose dans le précipice. Voilà, bonne chose de faite.
- C'est Franck, dit Spencer, le majordome.
- Mais qu'est-ce qu'il fait là ? demanda William.
- Je ne sais pas, il a l'air de s'en aller.
Ils attendirent dans le noir encore cinq minutes.Il n'y avait plus un seul bruit dans la grotte.
- C'est bon, allumez ! dit Edward.
Spencer alluma à nouveau la torche.
- Qu'est-ce qu'il a balancé dans ce trou ? interrogea Edward.
- Je ne sais pas, mais cela semblait peser très lourd, répondit Spencer.
- Regardez, il y a un moyen de contourner le ravin par la paroi sur la droite ! dit William.
- Je ne suis pas assez fort en gymnastique, dit Edward.
- Trop dangereux, jugea Spencer.
- Donnez-moi la torche, je vais y aller.William prit la torche et cala le manche entre ses dents. Il escalada la

paroi et parvint à franchir le gouffre.
Il s'enfonça plus loin dans la grotte et revint vers ses amis quelques minutes plus tard.
- Alors ? demanda Edward avide de savoir ce que William avait découvert.
- Il y a une cavité plus loin et une porte, dit William.
- Une porte ? dirent Spencer et Edward.
- Impossible de l'ouvrir sans la clé malheureusement.
- Avez-vous une deuxième torche ? demanda William à Spencer.
- Celui-ci, répondit par l'affirmative.
- Que comptez-vous faire ?demanda Edward.
- Je vais lancer la torche dans le gouffre afin de savoir ce qui repose au fond.D'un geste vif, il lança la torche et celle-ci tomba au fond du trou.On ne vit rien. À peine une lueur. Cependant la lueur commença à augmenter d'intensité.
- Oh mon dieu ! s'écria Edward. Des cadavres !
- Ne restons pas là, dit Spencer, le feu prend de l'ampleur, partons.
Le feu embrasa la chair des morts ainsi que leurs vêtements, il devait y avoir une centaine de cadavres occupés à se consumer.Sur le chemin du retour, Spencer entama la conversation.
- Je pense que nous venons de détruire des preuves importantes.
- Si je n'avais pas lancé la torche nous n'aurions jamais découvert cette fosse à cadavre, dit William
- William à raison, dit Edward. Grâce à ce geste, nous savons que le majordome du château se débarrasse des cadavres. Il faut se rendre au château, interroger subtilement les résidents et découvrir le mystère

qui s'y cache. Cette porte, que vous avez vu William, mène certainement dans les caves du château.
- D'ailleurs regardez, le voici, dit Edward en le montrant du doigt.
Entre les arbres de la forêt, au loin, se dressait la sinistre demeure.
- Vous avez une idée Spencer ? interrogea Edward.
- Oui, répondit celui-ci. Nous pourrions utiliser William et l'attirance de la fille du comte pour lui afin de s'introduire dans le château.
- Une fois à l'intérieur, William pourrait nous ouvrir les portes.
- C'était donc moi votre cheval de Troie, dit William.
Spencer acquiesça d'un signe de tête.
- Retournons à l'auberge et élaborons un plan, dit-il.

Chapitre 11 : Une sinistre demeure.

Ils firent retentir le carillon du château.
La porte s'ouvrit.
- Bonjour monsieur, dit Franck.
- Bonjour. Pardonnez-moi cette visite imprévue, mais je désire parler à Elisabeth.
- Très bien, dit Franck, entrez. Patientez ici, je vais prévenir madame.
William examina le grand hall autour de lui. Il se dirigea vers le tableau du Demetrodon.
- William ! s'exclama Elisabeth. Je suis heureuse de vous voir. Que me vaut l'honneur de votre visite ?
- À dire vrai, vous me manquiez, dit William avec un grand sourire.
Les joues d'Elisabeth devinrent écarlates.
- Venez, dit-elle. Elle prit William par le bras.
Désirez-vous une tasse de thé ?
- Non merci, Elisabeth. Si je suis venu ici, c'est pour vous interroger à propos de Franck.
Elisabeth sembla déçue.
- C'est donc pour me questionner à son sujet que vous êtes venu jusqu'ici.
- En partie, dit William mal à l'aise.
Ils s'assirent dans le canapé du salon près de la cheminée.

- D'où vient-il ?
- De Godstone, répondit Elisabeth. Il est né au village. Mon père l'a engagé, il y a plus d'un an.
- A-t-il eu des activités suspectes dans le château ?
- Non, jamais, répondit Elisabeth.
Sentant le moment propice, William questionna Elisabeth sur le château.
- Connaissez-vous d'autres passages secrets ou des galeries sous le château ?
- Non, répondit Elisabeth. Le seul que je connaisse, nous l'avons découvert ensemble. Vous soupçonnez Franck d'être responsable de la disparition de vos fiacres ?
- Je n'en sais rien encore, dit William. Je n'écarte aucune hypothèse. Nous nous sommes faits attaqués à deux pas d'ici. Nous pensons que le coupable se trouve près de Godstone. Je préférais vous poser ces questions car je vous fais totalement confiance. Elisabeth lui sourit.
Vous n'avez jamais remarqué rien de suspect dans les bois du château ?
- Si, dit Elisabeth, maintenant que j'y pense. Dans les bois entourant le château, près de l'ancienne église. Il y a un endroit où coule une rivière. Près de la berge, il y a des traces de roues sur le sol alors que l'église est abandonnée depuis 50 ans.
- Des traces de fiacres ? demanda William.
- Je ne sais pas, mais il n'y a plus aucune route dans ce coin.
- Merci, répondit William.
Il se rapprocha lentement d'Elisabeth, ils se regardèrent un instant et William l'embrassa.

- Cela suffit ! dit une voix froide. Le comte venait d'apparaitre dans la pièce. Il avait l'air affaibli et très pale.
- Monsieur Carson, je ne permettrai pas que vous nous insultiez plus longtemps. Partez.
William fit un signe de la tête et se leva du canapé.
- Pardonnez-moi, dit-il à Elisabeth.
Il sortit de la pièce, déçu. Se rendant vers la porte principale, il croisa Franck.
- Monsieur Carson, dit-il en le saluant.
William se rapprocha de lui.
- Je sais ce que vous manigancez ici, dit-il. Profitez du temps qu'il vous reste, ce temps sera bientôt révolu.
Et il sortit du château par la grande porte.
- Vous n'avez pas fait ça ?! dit Spencer à William qui était de retour à l'auberge. Il se sait menacé, à présent, et il risque de faire disparaitre les dernières preuves.
- Je suis désolé, répondit William. J'étais en colère. Le comte est arrivé et nous a surpris pendant que je ... je questionnais Elisabeth sur le château et il m'a demandé de partir.
- Il vous a demandé de partir juste parce que vous questionniez sa fille ? dit Spencer d'un air suspicieux
- En fait, je l'embrassais, dit William.
- Vous êtes incorrigible, Carson.
Edward pouffa de rire.
- Qu'allons-nous faire ? demanda Edward à Spencer.
- Vous avez fait assez de dégâts comme ça. Je n'ai plus besoin de vous. Rentrez chez vous et laissez-moi faire.
Spencer prit son manteau et son chapeau et sortit de la pièce.
- Je n'ai jamais pu lui faire confiance. Que fait-on

maintenant, William ?
- Elisabeth m'a parlé d'un endroit suspect dans les bois, près d'une berge.
- Allons y jeter un œil.
Ils partirent de la rivière gelée qui partait de Godstone et remontèrent vers le château.
- Que cherchons-nous exactement, William ?
- Des traces de roues sur le sol.
- Heureusement qu'il n'y a pas de neige, dit Edward. Vous savez, je n'ai jamais vraiment aimé ce type, Spencer.
- Moi non plus, dit William.
- Vous êtes incorrigible, Carson, dit Edward en imitant Spencer.
Près de trente minutes plus tard, William remarqua des traces de pas au sol.
- Là ! dit Edward. Des traces de fiacre dans la boue !
Ils suivirent les traces près de la rivière jusqu'à un bâtiment en ruine.
- Elisabeth m'a parlé de cet endroit. Cette église est abandonnée depuis longtemps.
- Regardez ces traces, William.
Des traces de roues se dirigeaient vers la grande porte. Étrange, dit Edward, ces traces ont l'air récentes.
- De toute évidence, quelqu'un est venu ici récemment et a franchi cette porte.
William et Edward firent le tour de l'édifice.
La porte principale était ouverte. Ils entrèrent dans l'église.
Dans la pièce suivante, s'alignaient des bancs en bois complètement pourris.
Les vitraux étaient encore intacts pour la plupart.

William passa sous une arche en pierre et arriva dans la partie principale.
- Ah ah, dit Edward, regardez ce qu'on a là !
- Pas de doute possible, dit William, c'est bien notre fiacre. Une roue en moins et un renfoncement sur la partie latérale, là où nous avons heurté l'arbre.
Edward jeta un coup d'œil à l'intérieur.
- Pas de trace de George, dit-il. C'est vide. Qu'est-ce que cela veut dire ? s'interrogea-t-il.
- Je ne sais pas, répondit William. Elisabeth m'a raconté que l'église est abandonnée depuis au moins 50 ans.
Soudain, les portes se refermèrent.
Une torche enflammée brisa un vitrail et vint se loger sur le toit du fiacre tandis qu'une deuxième manqua William de peu.
Il courut vers la porte mais, celle-ci se referma, avant qu'il ne puisse l'atteindre. Il réfléchit un instant et vit de la paille tout autour de lui.
- C'est un piège, dit-il.
La paille a été disposée au sol afin qu'elle s'enflamme avec les torches.
- Nous sommes faits comme des rats, dit Edward.
Les flammes se propagèrent à grande vitesse, le fiacre était totalement en feu.
- Par-là, une porte ! dit William. Elle est bloquée.
- Écartez-vous ! dit Edward. Il prit son élan et enfonça la porte. La porte céda et Edward se retrouva à plat ventre sur le sol.
Il se releva et frotta son manteau.
- Heureusement ces portes ne sont pas très solides, dit-il.

La fumée commençait à se propager dans la pièce.
- Prenons l'escalier, dit William.
Ils prirent un escalier en colimaçon.
- Pensez-vous qu'Elisabeth nous ait piégés ? demanda Edward en descendant les marches.
- Je ne sais pas, répondit William.
- C'est pourtant elle qui nous a envoyé ici, dit Edward.
Ils arrivèrent dans une pièce remplie de colonnes de pierres.
- Je ne vois pas de sortie, dit Edward.
Un tremblement se fit entendre et de la poussière tomba du plafond.
William examina le plafond.
- L'église doit être en feu. Je ne vois aucune issue ! dit Edward d'un ton paniqué.
La seule issue possible était un couloir qui était obstrué par un éboulis. Le mur était sans doute effondré depuis longtemps.
- Nous sommes bloqués, dit William. Faisons demi-tour.
- Vous entendez ça ? dit Edward.
Le bruit assourdissant d'une grande masse tombant de haut se fit entendre. Le plafond se déchira. Edward eut juste le temps de sauter et pousser William le plus loin possible.
Edward se releva et avala de la poussière.
Il toussota et failli recracher ses poumons.
- Nous l'avons échappé belle, William, vous avez vu la taille de cette cloche ? Elle nous aurait écrasé et nous aurions rétréci un bon coup tous les deux.
- Regardez, dit William en montrant le couloir.
La cloche avait créé une brèche dans le mur.

Ils suivirent le couloir sur une cinquantaine de mètres dans le noir complet.
Au bout du couloir, ils découvrirent une cavité, l'eau de la rivière y arrivait mais elle était gelée.
- Bon, dit William, il faut traverser la glace et atteindre la rive de l'autre côté.
William s'avança en tâtonnant la glace sous ses pieds. Edward le suivait à quelques mètres.
- Stop ! dit William qui sentit la glace se fissurer sous ses pieds. Ne bougez plus !
Edward arrêta de respirer.
- Elle ne tiendra pas, dit-il.
Le sol se déroba et il se retrouva dans l'eau glacée.
- Je ne sais pas nager, William au secours !
William ne réfléchit pas et sauta également dans l'eau glacée. Il attrapa Edward par le cou et tenta de le ramener vers la berge.
Il tremblait de tous ses membres. Ses muscles se contractaient au fur et à mesure qu'il se rapprochait de la Berge.
- Courage, on est y presque, dit William. Encore un effort ! Ca y est !
William et Edward se relevèrent.
- Merci, dit Edward, je vous dois la vie.
- Nous sommes quittes, dit William. Il faut sécher nos vêtements, dit-il d'une voix tremblotante.
- Qu'allons-nous faire à présent, William ?
- Il faut trouver un moyen de nous rendre dans le château.
- La porte dans la grotte, fit Edward. Si nous trouvions un moyen de l'ouvrir, je suis sûr qu'elle nous mènerait au château.

- C'est possible, dit William, de toutes manières c'est notre dernière option.
Ils pénétrèrent dans la grotte, traversèrent le gouffre et arrivèrent devant la porte.
- Comment l'ouvrir ? s'interrogea William.
- Laissez-moi faire, dit Edward.
Il prit un papier journal de sa poche et le glissa sous la porte.
- J'ai toujours une édition du London Enquirer sur moi.
Ensuite, il prit un morceau de bois trouvé par terre et l'enfonça dans la serrure.
- Il ne reste plus qu'à espérer que la clé se trouve derrière.
Un bruit se fit entendre.
- Eureka ! s'exclama Edward. Il s'agenouilla et tira le papier journal, sur lequel reposait la clé, vers lui.
Il ouvrit la porte et fit une révérence à William.
- Après-vous, monsieur.
William passa la porte et arriva dans une autre partie de la grotte.
- À partir de maintenant, faisons le moins de bruit possible, nous pourrions nous faire repérer.
Edward approuva d'un signe de tête.
Ils s'enfoncèrent dans la grotte et arrivèrent devant un mur éboulé. Il y avait des pierres retirées d'un mur qui permettait un passage de la grotte vers une ancienne chapelle.
- Alors ça ! s'exclama Edward. Je ne m'attendais pas à trouver une chapelle dans ce sous-sol.
- Je pense que la chapelle est antérieure au château et que celui-ci a été construit sur ses fondations.
Edward se rapprocha de l'autel.

- Cela ne ressemble pas à un autel traditionnel, dit William. On dirait plutôt une pierre sacrificielle.
- Cela me donne froid dans le dos.
- Du sang, dit William en effleurant l'autel.
Edward mit sa main devant sa bouche pour s'empêcher de vomir.
- C'est étrange quand même, dit Edward, une chapelle dans une cave sans aucune fenêtre pour faire entrer un peu de clarté.
- Je pense qu'on voulait surtout cacher ce qui devait se passer ici à une certaine époque. Cette chapelle a 325 ans.
- Alors là, vous m'épatez, dit Edward. Comment parvenez-vous à dater cette construction ?
- Il est inscrit 1564 sur cette pierre, dit William en souriant.
- Vous m'avez bien eu, fit Edward.
- Trouvons une sortie, il doit y avoir un passage.
- Par ici !
Ils s'engouffrèrent dans un tunnel qui déboucha sur des tombes.
- Qu'elle est cette odeur ? dit Edward. Cela sent ...
- La mort, acheva William. Regardez, ce sont des squelettes, nous devons être dans des catacombes.
- Peut-être sommes-nous en dessous du cimetière près du château ?
Il y avait des restes humains tout le long du tunnel et des rats qui se baladaient entre les os.
William éclaira de sa torche le bout du tunnel qui se divisait en deux mais une des deux sorties était bouchée.
- Il y a du avoir un éboulement, il y a longtemps, dit William.

- Où ce tunnel menait-il ? demanda Edward.
- À mon avis, dans une crypte pour sortir par le cimetière.
Ils continuèrent à avancer par la partie praticable du tunnel.
William s'arrêta net.
- Que se passe-t-il ? demanda Edward.
- J'entends quelque chose.
Ils arrivèrent devant une autre porte qui heureusement était ouverte,
- William, aidez-moi !cria une voix.
Il s'agissait de Spencer qui était enfermé dans une cage en fer suspendue par une chaine.
- Que faites-vous là-dedans ? demanda William.
- Libérez-moi vite, je répondrai à vos questions ensuite.
- Je ne parviens pas à ouvrir la cage, il faut une clef.
- Qui vous a enfermé ici ?
- C'est Franck. Il m'a assommé pendant que je parlais avec le comte. Regardez ce qu'ils m'ont fait.
Spencer montra des tuyaux rouges qui partaient de ses mains vers des fioles en verre posées sur une vieille table en bois.
- Ils prennent votre sang ? demanda Edward tout en lui retirant les tuyaux.
Spencer ne répondit pas.
- Ne me remerciez pas surtout, dit Edward.
Spencer soulagea ses mains et lui lança un regard sinistre.
- Qu'allons-nous faire William ? demanda Edward.
William fixait la seconde cage sans dire un mot.
- Oh mon dieu ! s'écria Edward est ce que c'est…

- George, dit William.
Il gisait dans sa cage, des tuyaux pareils à ceux de Spencer enfoncés dans ses bras. Une odeur nauséabonde se dégageait du corps.
- Je suis désolé, dit William en direction du cadavre.
- Ce n'est pas de votre faute, dit Edward. Il était déjà mort quand ils m'ont mis ici, dit Spencer.
- Allons, William, ressaisissez-vous, dit Edward.
- Vous avez raison, trouvons cette maudite clé.
- De quoi a-t-elle l'air ?
- Vous ne pouvez pas la manquer, elle est de forme carrée et Franck la porte sur lui.
- Bon, trouvons Franck et nous trouverons la clé, dit William.
- Spencer, attendez nous ici, dit William.
- Et où croyez-vous que j'ai l'intention d'aller ?
William fit mine de ne pas l'entendre et s'aventura au-delà de la pièce.
Ils arrivèrent dans une pièce carrée dans laquelle il n'y avait rien, sauf un miroir contre un mur.
- Regardez, William, dit Edward en passant sa main devant le miroir. Il n'y a aucun reflet.
- C'est un trompe-l'œil, dit William, mais comment l'ouvrir.
Edward jeta rapidement un coup d'œil autour de lui.
Il passa ses mains sous le cadre du miroir et un petit bruit se fit entendre.
Le miroir pivota et laissa la voie libre.
- Ca y est, nous sommes dans le château, dit William. Il faut trouver Franck mais par où commencer ?
- Chut, quelqu'un vient.
William et Edward se cachèrent derrière deux armures

métalliques.
Franck passa devant eux sans les apercevoir. William fit un signe de la tête en direction d'Edward.
- Suivons-le, dit-il du bout des lèvres.
Ils suivirent Franck jusqu'à la cuisine où il parlait avec Elisabeth.
- Franck, pourriez-vous nettoyer les toiles d'araignées dans le salon ?
- Oui, madame, je vais de ce pas dans ma chambre et je reviens de suite au salon.
- Merci, Franck, répondit Elisabeth.
- Sa chambre est à côté de la mienne, murmura Edward.
Le château semblait vide, libre de tout occupant mis à part Franck et Elisabeth.
Sauf peut-être dans les miroirs accrochés au mur, une ombre se déplaçait de miroir en miroir guettant les moindres mouvements de nos deux amis.
- Qu'y a t- il ? demanda William à Edward.
- Je ne suis pas à mon aise dans ce château, je me sens observé, répondit Edward.
Ils montèrent le grand escalier et traversèrent le couloir en toute hâte.
- Voilà la porte, dit Edward. William s'en approcha et frappa.
- C'est bon, il n'y a personne, entrons, dit William.
La chambre était de forme circulaire. Il y avait quelques meubles, par-ci, par-là, mais rien de très luxueux. Sur la commode reposait une boite à bijoux en bois.
- Il arrive, dit Edward qui était resté près de la porte. Cachons nous.
Edward entra dans la chambre et eut du mal à s'en-

gouffrer dans la garde-robe à cause de son embonpoint.
William, lui, se cacha en dessous du lit.
Franck entra et ne remarqua rien. Il sortit une petite clé de sa poche et l'enferma dans la boite à bijoux sur la commode.
Il prit ensuite un tablier posé sur le lit
Ses pieds frôlèrent le visage de William.
Franck sortit ensuite et referma la porte derrière lui.
William et Edward sortirent de leur cachette. William se dirigea vers la boite à bijoux et trouva la clé.
- Nous avons de la chance, dit Edward.
- Oui, répondit William, mais comment savoir si cette clé est la bonne ?
- Il n'y a qu'un moyen de le savoir, fit Edward. Retournons auprès de Spencer, même si je préfèrerais le laisser dans sa cage.
Ils sortirent de la pièce, Edward avança dans le couloir et s'arrêta en barrant la route à William.
Une colonne en forme d'animal se mit à bouger. Une forme se dessina et se désincrustât du marbre.
La forme avait une tête et un corps de lion, des ailes géantes de chauve-souris et une queue de scorpion.
- Qu'est-ce que c'est que cette chose ? demanda William apeuré.
-Une manticore, dit Edward, fuyons !
Une course effrénée s'ensuit alors dans les couloirs du château.
William et Edward coururent le plus vite possible vers la sortie, ils descendirent le grand escalier et s'arrêtèrent devant la porte principale du château.
- C'est fermé ! s'exclama William à bout de souffle.

Un rugissement se fit entendre derrière eux. Ils se retournèrent et virent la manticore prête à bondir sur eux.
- Mais que se passe-t-il ici ?
Franck venait d'arriver dans la pièce, un plateau d'argent avec du thé dans les mains.
La manticore pivota et fixa Franck qui semblait aussi surpris que nos deux amis.
Elle se prépara à attaquer quand une voix se fit entendre.
- Cela suffit, dit la voix grave du haut des escaliers. Un grand homme se tenait dans l'ombre.
Il descendit calmement le grand escalier.
- Monsieur le comte, dit Franck en inclinant son regard.
- On nous a drogués, dit Edward. Cette chose n'est pas réelle, elle ne l'a jamais été.
Le comte regarda la créature comme s'il lui parlait par télépathie, celle-ci se retourna et bondit sur Franck qui lâcha, au passage, le plateau d'argent.
Franck se démena quelques instants mais la créature finit par le tuer.
- Je me suis trompé, dit Edward, finalement elle est bien réelle.
- Pourquoi ? interrogea William.
- Il a fait de trop nombreuses erreurs récemment, dit le comte. Il y a un petit temps que je voulais me débarrasser de lui.
- Depuis le début, c'était vous, dit William qui venait de comprendre son erreur. Franck agissait sous vos ordres. Il se débarrassait des cadavres pour vous.
Le comte ne dit pas un mot.

- Mais pourquoi ? demanda William.
- Vous voulez vraiment le savoir ? dit le comte. Je vais vous montrer, dit-il fièrement. Il regarda la manticore et celle-ci acquiesça d'un signe de tête.
- Rassurez-vous, monsieur Levy, je ne vous oublie pas. Vous serez son prochain repas. Suivez-moi, dit le comte à William, et si j'étais vous je ne tenterai rien sinon votre ami mourra plus vite que prévu.
Ils arrivèrent devant la porte de la grande tour.
Le comte l'ouvrit et William et lui traversèrent un couloir rouge pourpre.
- Il y a bien longtemps, je travaillais pour la East Indian Company. Je rédigeais des rapports sur la contenance des navires qui revenaient d'Inde quand je suis tombé sur un artefact ancien, dit le comte en ouvrant une double porte.
Si l'enfer était sur terre, William était sûr et certain de s'y trouver. Il y avait du sang partout, sur le sol, dans des fioles ainsi que sur des tableaux.
Le comte s'arrêta devant une vitrine, un sceptre en or trônait fièrement au milieu de celle-ci.
Son manche avait la forme d'une colonne vertébrale humaine avec un crâne en son sommet.
- Savez-vous ce que c'est, monsieur Carson ?
William secoua la tête.
- Il s'agit du bâton sacré du dieu indien Yama, le seigneur de la mort. Il a été découvert dans un tombeau prêt de Delhi et ramené par le Demetrodon, ici, en Angleterre.J'ai caché le sceptre et je n'en ai pas fait mention dans mes rapports. Le plus important n'était pas le sceptre lui-même mais le pouvoir qu'il renfermait.

- Je vous présente mes victimes, dit le comte.
Tous les tableaux rouges étaient en fait les portraits des victimes peints avec leur propre sang. Il y en avait des centaines.
- Regardez ceci, dit le comte en montrant un tableau inachevé, j'ai commencé à peindre votre ami Spencer.
- Pourquoi ? demanda William. Pourquoi toutes ces victimes ? Pourquoi ce carnage ?
- Ces victimes et ce procédé d'extraction du sang combiné avec le pouvoir du sceptre me permettent d'être immortel.
- Je ne vous crois pas. Vous êtes fou ! dit William.
Le comte prit un pinceau posé sur la table et se l'enfonça droit dans le cœur.
- Et à présent, me croyez-vous ? dit le comte.
Dans l'autre pièce, la manticore terminait ce qu'il restait du majordome en jetant de temps en temps un œil à Edward.
- Réfléchis Edward, Edward réfléchis, se dit-il. Son regard s'illumina quand il vit sur la cheminée une épée dans sa vitrine.
Il courut vers la cheminée et cassa la vitrine. La manticore sembla énervée et arrêta de manger.
Elle bondit vers Edward. Celui-ci prit son courage et son épée à deux mains et trancha d'un coup net le cou de l'horrible bête.
Elle disparut aussitôt dans une fumée grisâtre comme si tout le marbre s'était désintégré en poussière.
Edward passa une main sur son front trempé de sueur.
Il se mit en route vers les caves du château. Il ne voulait pas laisser William seul, mais il pensa qu'il était plus judicieux de libérer Spencer et d'affronter le

comte tous ensemble.
Il arriva devant la cage et introduisit la clé dans la serrure. Celle-ci s'ouvrit et Spencer ne se fit pas prier pour en sortir.
- Il se passe des choses étranges, ici, dit Spencer.
- Je suis au courant, une colonne en marbre a tenté de me dévorer.
- Partons sans plus attendre.
- Non fit Edward. William est toujours avec le comte. Il faut l'aider.
- Aidez-le si vous le voulez, répondit Spencer. Moi, je n'en ai rien à faire.
Il prit son chapeau sur la table.
- Ou vous venez ou vous restez, dit-il.
- Dans ce cas, je reste, dit Edward visiblement très déçu de la réaction de son ami.
- Ainsi soit-il, dit Spencer qui sortit de la pièce en direction de la grotte.
Edward, toujours sous le choc, remonta de la cave et percuta Elisabeth de plein fouet.
- Restez où vous êtes, dit Edward.
- Monsieur Levy que faites-vous ici ?
- Ne m'approchez pas, pas un pas de plus !
- Monsieur Levy, vous allez bien ?
- Où est William ? demanda Edward.
- Monsieur Carson est ici ?
- Ne faites pas semblant, vous savez très bien ce qui se passe ici, vous avez voulu nous tuer dans la vieille église.
- Mais monsieur Levy, je ne comprends rien, où voulez-vous en venir ?
- Vous n'êtes pas au courant que nous avons failli

brûler dans l'incendie de cette église ?
- C'est horrible ! Monsieur Levy, je vous assure, je n'ai rien avoir là-dedans.
- Il n'y avait que vous qui saviez que nous serions là-bas pour fouiller.
- Franck ! dit-elle. Franck m'a questionnée au sujet de la conversation que nous avons eu monsieur Carson et moi. Mais, il n'a pas pu faire cela, c'est impossible !
- Je vous assure que c'est tout à fait possible, dit Edward. Nous l'avons vu jeter un corps dans une fosse.
- Mon dieu, dit Elisabeth en mettant ses mains devant sa bouche.
- Où est votre père en ce moment ?
- Je n'en sais rien.
Elisabeth lui parut sincère.
- Venez, dit-il. Si nous trouvons votre père, nous trouverons William.
Ils se mirent à fouiller le château et arrivèrent devant la porte de la tour.
- Attendez, dit Elisabeth, cette porte est toujours fermée d'habitude, elle mène à la tour.
- Allons-y, dit Edward.
-J'espère que vous avez du bon sang monsieur Carson, il me permettra de vivre encore pendant de longues années.
Le comte Gordon sortit un pistolet en argent de sa poche et le pointa en direction de William.
- Si vous me tirez dessus, je mourrai et vous ne pourrez pas vous servir de mon sang.
Une voix venue d'outre-tombe se fit entendre.
« Il a raison », dit celle-ci.

- Père, non ! s'écria Elisabeth.
Elisabeth et Edward arrivèrent en courant.
William se rua sur le comte et le fit tomber.
Ils se battirent pendant quelques instants, William tendit son bras pendant que le comte tentait de l'étrangler.
Il se saisit du pistolet et tira un coup de feu.
Le comte recula.
- Vous ne comprenez pas monsieur Carson, je suis immortel, rien ne peux me tuer.
La porte de la pièce se referma derrière eux.
- Venez par ici, dit William, en montrant un escalier.
Le comte les laissa passer derrière lui en ricanant.
- Pauvres fous, vous ne pouvez pas m'échapper.
William, Elisabeth et Edward coururent aussi vite que possible vers le sommet des escaliers et arrivèrent au sommet de la tour.
William regarda partout autour de lui mais il n'y avait aucune issue.
- Nous sommes piégés, dit-t-il.
- Que se passe-t-il ? demanda Edward.
- Le comte récupère le sang de ses victimes et cela le rend immortel.
- C'est impossible ! dit Edward.
- Je l'ai vu s'enfoncer un pinceau dans le cœur et là, je viens de lui tirer dessus et il n'a aucune blessure.
- Il arrive ! dit Edward en sondant les escaliers.
- Comment on peut tuer un immortel ? demanda William à Edward et Elisabeth.
- Je ne sais pas, dit Edward. Le voilà !
Le comte venait d'apparaître dans la pièce.
- Père, je vous en supplie, que faites-vous ?

- Écarte toi d'eux, tu n'as rien avoir avec notre affaire.
- Mais que se passe-t-il père ?
- Votre père a tué beaucoup de personnes, dit William. Il était de mèche avec Franck. Ils entravaient la route des fiacres pour les forcer à s'arrêter. Ils tuaient les passagers et faisaient ensuite disparaitre les fiacres. Tout cela à fin de récupérer le sang de ces malheureux. Franck s'en débarrassait ensuite dans le gouffre de la grotte sous le château.
- Père, ce n'est pas possible, ce n'est pas vous, dit Elisabeth les larmes aux yeux.
- Silence, écarte-toi !
Elisabeth était sous le choc, des larmes se mirent à couler sur son visage.
- Père.
- Silence !Ta mère aussi s'est dressée contre moi et elle l'a payé de sa vie.
- Que voulez-vous dire père ?
- Elle a découvert mon secret. Un soir, je l'ai attirée ici dans la tour et je l'ai poussée dans le vide. Si tu ne t'écartes pas, tu subiras le même sort.
- Pardonnez-moi père.
Elle se rua sur lui et le poussa par la fenêtre.
- Non ! s'écria William. Mais il était trop tard, ils avaient basculé dans le vide du haut de la tour.
William se pencha par la fenêtre brisée et regarda en direction du sol.
- C'est fini, dit Edward. Il n'y a plus rien à faire. Il consola son ami et regarda à son tour dans le vide .Il contempla les deux corps étendus sur le sol.
- Vous vouliez savoir comment tuer un immortel, dit Edward, vous avez votre réponse.

- Je ne comprends pas, dit William.
- La seule manière de tuer un immortel est qu'il soit tué par un autre immortel. Sa fille avait son sang qui coulait dans ses veines, cela devait se terminer comme cela.
- Elle s'est sacrifiée pour nous sauver.
- Allons, rentrons chez nous et quittons ce lieu maudit.
Une voix sinistre se fit alors entendre :« C'est terminé, j'en ai assez de jouer ».

Chapitre 12 : Le créancier de sang.

Une ombre gigantesque se matérialisa devant eux. Elle devait mesurer près de 3 mètres de haut. Elle avait un corps d'homme sans jambes et une tête avec de grandes cornes et des yeux rouges.
- Bon sang, qu'est que c'est ?! s'exclama Edward.
- C'est Yama.
- Ya quoi ?
- Le seigneur de la mort Indien, le dieu des enfers. Le créancier de sang.
- Un jour, il faudra que vous m'expliquiez comment vous savez tout ça.
- C'est ce que le comte me racontait avant que vous n'arriviez.
Le dieu jaugea William et Edward du regard. Il avait d'énormes yeux rouges et un trou à la place de la bouche.
- Vous pensiez pouvoir m'échapper. Vous pensiez pouvoir vous mesurer à moi, Yama, dieu des enfers. Vous allez maintenant payer votre folie.
Ses yeux crachèrent des flammes en direction de nos deux amis.
- Fuyons ! Nous ne sommes pas de taille, dit Edward.
Ils redescendirent l'escalier de la tour et arrivèrent dans la pièce aux portraits.

Ils se cognèrent contre la porte qui était toujours fermée.
- Allez, dépêchez-vous ! fit William.
Edward avait les mains qui tremblaient.
- Je n'y arrive pas, dit-il en s'affairant sur la serrure.
- Tenez, mon passe partout.
- Donnez-moi un peu plus de temps, dit Edward.
Des gouttes commençaient à perler sur son front.
- Trop tard ! s'exclama William.
- Ca y est je l'ai, dit Edward.
La porte s'ouvrit. Un jet de flamme passa à côté d'eux et embrasa une partie des tableaux.
Ceux-ci se mirent à brûler aussitôt.
William et Edward s'enfuirent dans le couloir.
Un jet de flamme frôla Edward et lui brûla quelques cheveux au passage.
- Vite William, fuyons !
Ils se rapprochèrent de la porte d'entrée du château.
- Il n'y a donc aucune porte ouverte dans ce maudit château ? dit Edward qui commençait à paniquer en tentant d'ouvrir la porte d'entrée.
- Le passe partout, dit William.
- Je l'ai laissé dans la porte de la tour, répondit Edward.
Il faut trouver un endroit où se cacher, dit William. Remontons l'escalier.
- Vous ne pourrez pas fuir éternellement, dit la voix glaciale.
William et Edward remontèrent l'escalier et prirent sur la gauche un nouveau couloir menant à une pièce qu'ils n'avaient pas encore visité. Au bout d'un autre couloir, ils arrivèrent dans une pièce circulaire.
- Wow ! dit Edward, c'est la salle de bal.

- Mais ce n'est pas le moment de danser, dit William en tirant son ami par le bras.
- Voilà, la porte menant à l'extérieur. Nous y sommes presque ! dit William.
- Nous voici enfin sortis de cet immonde château, dit Edward en reprenant son souffle.
Le dieu s'arrêta près de la porte et ses yeux émirent de nouveau un jet de flamme puissant.
- Raté mais de peu, dit Edward.
- Par-là, dit William en montrant le cimetière du doigt.
Ils se cachèrent derrière une pierre tombale. William et Edward flanchèrent en même temps et se retrouvèrent le postérieur sur le sol.
Edward était essoufflé.
- Je n'ai jamais autant couru de toute ma vie, dit-il.
- Et maintenant William, qu'allons-nous faire ?
- Je ne sais pas, dit-il.
Edward se risqua à jeter un coup d'œil au-dessus de la tombe, en direction du château.
- Je ne comprends pas, on dirait qu'il a abandonné la poursuite.
- La lumière, dit William, le comte n'avait aucune maladie. Rappelez-vous, les fenêtres murées presque partout dans le château. C'était pour Yama. Il ne supporte pas la lumière. Cette chose ne supporte pas la lumière du jour.
- Mais alors, comment se fait-il qu'Elisabeth ne l'ait jamais croisé se baladant dans le château ?
William réfléchit.
- Je ne sais pas.
- Le souci est que la nuit va bientôt tomber, dit Edward.

- Rappelez-vous de notre vision dans les bois lorsque nous avons eu l'accident, dit William. Nous avons tous vu une ombre se poser sur la tour. Cette chose pourra donc mettre le nez dehors dès que le soleil se sera couché.
- Que pouvons-nous faire William ?
- Je ne sais pas mais, le comte m'a expliqué que son pouvoir venait du sceptre. Quand le comte a découvert le sceptre, il a sans doute libéré l'ombre. Je pense que si nous parvenons à mettre la main sur le sceptre, nous pourrions peut être renfermer cette ombre à la manière d'un génie et de sa lampe.
- J'espère que vous avez raison, dit Edward.
William se leva, décidé.
- Attendez, dit Edward, que faites-vous ?
- Je vais me rendre au château et en finir avec cette chose, dit William d'un air décidé.
- Et avez-vous un plan ?
- Pas vraiment, dit William.
- Ecoutez William, je vais entrer dans le château et créer une diversion, pendant ce temps emparez-vous du sceptre.
- Et ensuite, dit William.
- Ensuite, répondit Edward, advienne que pourra…
- Cela me parait risqué, Edward.
- Je sais mais nous n'avons pas le choix, répondit-il. Nous ne pouvons pas nous permettre de laisser cette ombre s'échapper.
- Je ne comprends pas pourquoi l'ombre n'a pas déjà attaqué. Pourquoi est-elle restée dans le château pendant toutes ces années ? dit William.
- Peut-être que le propriétaire du sceptre est le maître

absolu de l'ombre. Un peu comme vous l'avez dit, à l'image d'un génie et de sa lampe.
Edward se rendit seul devant la porte d'entrée principale.
Il allait poser sa main dessus pour frapper mais la porte s'ouvrit toute seule.
Il pénétra et se retrouva dans le grand hall.
Edward failli avaler sa langue.
- Je vous attendais, dit une voix.
- Je viens me rendre, dit Edward, j'ai compris que vous étiez trop fort et que, contre vous, nous ne pourrions jamais gagner.
L'ombre se matérialisa devant lui, Edward ne parvenait pas à la regarder dans les yeux.
Elle virevolta autour de lui.
- Où se trouve votre ami ? demanda l'ombre.
- Il a préféré fuir.
- Je voudrais, avant de mourir, dit Edward, connaître votre lien avec le sceptre.
L'ombre se figea.
- Rien ne peut s'opposer à mon pouvoir.
- Oui, je sais, répondit Edward.
- Rien, dit le dieu emplit de colère.
Un bruit de verre brisé se fit entendre. William venait de briser la vitrine protégeant le sceptre.
- Vous m'avez piégé, je vous ai laissé en vie assez longtemps, dit l'ombre.
Cette fois c'était trop tard, la porte d'entrée se referma derrière Edward qui se retrouva coincé.
Un cri strident se fit entendre
William couru en direction du dieu, celui-ci se retourna et envoya William à travers la pièce.

William se releva péniblement et brandit le sceptre.
- Reconnaissez-vous ceci ? dit-il.
L'ombre se figea devant lui.
- Je vais vous écraser comme un insecte.
Le feu était à présent en train d'embraser la pièce dans laquelle il se trouvait.
Le lustre tomba du plafond et failli écraser l'ombre mais il passa au travers comme si elle n'existait pas.
Edward ramassa un morceau de marbre de la manticore qui jonchait le sol et se dirigea vers le dieu. Lui aussi passa au travers de l'ombre et tomba sur William.
Les flammes n'avaient aucun effet non plus sur l'ombre qui avançait vers eux.
Ses yeux rouges se mirent à vibrer, des flammes jaillirent aussitôt de ses orbites et formèrent un cercle autour de William et Edward.
- Cette fois c'est la fin, dit Edward, nous allons être brûlés vifs.
L'ombre pénétra dans le cercle de feu et visa, de ses flammes, William et Edward.
William brandit le sceptre et ferma les yeux sentant sa mort arriver. Les flammes s'engouffrèrent au travers du crâne.
William rouvrit les yeux, surpris d'être toujours en vie.
- On est au paradis, dit Edward en ouvrant également les yeux
- Non, dit William, nous sommes toujours en vie, il ne peut pas détruire le sceptre
Le dieu ragea de colère et se précipita vers William. Mais il était trop tard. Le sceptre le transperça, planté dans la poitrine.
Le dieu poussa un cri d'agonie et disparut, retournant

dans le sceptre qui s'écrasa contre le sol.
William s'écroula également.
- William ! cria Edward en courant vers lui. Réveillez-vous !
Il jeta un bref regard autour de lui cherchant désespérément de l'aide.
Il ne vit que le feu autour d'eux qui se propageait à une vitesse inquiétante.
Il ramassa le sceptre et prit William sur son dos. Il se rendit en direction de la sortie et poussa la porte principale du château qui, à présent, était totalement en flammes.
Il déposa William à l'abri dans le jardin. Il y avait un immense tapis de neige. Tout était blanc avec le reflet rouge des flammes sur le sol.
William ouvrit les yeux et vit le château en proie aux flammes.
- Vous m'avez fait très peur, dit Edward. J'ai bien cru que vous ne vous réveilleriez jamais.
Edward aida William à se relever et contempla la bâtisse.
Nos amis se mirent en direction du village.
- Vous savez, fit Edward, je pense que nous devrions nous associer.
William émit un sourire.
- Ne riez pas, dit Edward. Nous formons une belle équipe.
- Carson et Levy, dit Edward en décrivant la future plaque de leur bureau.
- Donc pour résumer, Monsieur Carson, dit Henry Spector, le comte Gordon et son majordome enlevaient les passagers, brûlaient nos fiacres et tuaient

ensuite tous les témoins afin que personne ne puisse remonter jusqu' à eux ?
- C'est bien ça monsieur, dit William, sans compter le commerce du recel de cadavres.
- Et à présent, ils sont tous morts pendant l'incendie accidentel de leur château.
- Oui monsieur, répondit William.
Spector voyait que William ne lui disait pas entièrement la vérité mais il s'en moquait, du moment que plus jamais un fiacre ne disparaissait sur cette route.
- Et ce fameux sceptre en or ?
- Détruit pendant l'incendie, monsieur.
Spector sembla déçu. Il aurait bien vu le sceptre en or sur une de ses étagères.
William quitta Spector et les bâtiments de la Royal Mail. Il se rendit sur Bedford Square où il vit les ouvriers occupés à installer la nouvelle plaque « Carson & Levy Bureau d'investigations ».
- Ah ! William, dit d'Edward, il y a quelqu'un qui vous attend dans votre bureau, le commissaire Abberline.
William vit Abberline occupé à scruter la pièce autour de lui.
- Très joli bureau, dit Abberline. Félicitations William, votre affaire fonctionne.
- Je ne vais pas me plaindre, dit William. Que puis-je faire pour vous, monsieur ?
- Je vous ai déjà dit que vous pouviez m'appeler Frederick. Autant vous le dire tout de suite, ce n'est pas une visite de courtoisie. Nous avons relâché Tumblety.
- Comment ça ? dit William affolé.
- Il ne peut être Jack l'éventreur.
- Mais vous disiez…

- Je sais ce que j'ai dit, William, dit Abberline. Les preuves pour l'instant attestent du contraire. Tumblety est droitier, mais nous savons par l'analyse des coups portés sur les corps des victimes que les blessures ont été commises par un gaucher.
Enfin, élément notable, le jour du meurtre de Mary Kelly, le neuf novembre, il était en cellule de dégrisement dans un commissariat de Londres. Il avait été arrêté en état d'ivresse sur la voie publique. Ce n'est donc pas lui, William, je suis navré. Je voulais vous le dire avant que cela ne fuite à nouveau dans la presse.
William s'affaira sur sa chaise.
Abberline remit son chapeau et salua William.
- Je suis désolé, dit-il mais sachez que je n'abandonne pas sa traque et que je ne lui laisserai aucun répit.
Abberline sortit de la pièce et salua également Edward.
- Alors, dit Edward avide de connaitre le sujet de conversation qu'ils venaient d'avoir. Que se passe-t-il ?
- Jack l'éventreur est toujours dans la nature.
- Mais les meurtres ont cessé, dit Edward.
- Oui, répondit William, mais il est peut être mort ou toujours en vie. Nous n'en savons rien.
Vous avez fait le nécessaire pour notre hôte ?
- Oui, comme vous me l'avez demandé, dit Edward. Il est dans la cave et bien enfermé dans un coffre avec une combinaison.666,n'ai-je pas eu une bonne idée?
William sourit.
- Je n'aurais pas trouvé un code plus approprié, dit-il.
Il descendit dans la cave et regarda le coffre en bois fermé par le cadenas.
- 666, dit- il en changeant les chiffres du verrouillage.
Le coffre s'ouvrit.

Le sceptre était toujours là.
- Jusqu'à ce que je trouve un moyen de vous détruire, vous resterez au fond de cette cave, Yama, dit William et il referma le coffre.

Table des matières

19090957R00082

Printed in Poland
by Amazon Fulfillment
Poland Sp. z o.o., Wrocław